心海潮涌

诗词集

赵海荣 著

華藝出版社
HUA YI PUBLISHING HOUSE

在“辽宁号”航母甲板上留影

在解放军博物馆参观留影

在厦门警备区党委中心组学习留影

在抗击“莫兰蒂”台风恢复重建现场留影

在广西桂林湘江战役纪念馆留影

在解放军艺术学院留影

在海南三亚大东海湾留影

在福建南靖云水谣留影

在海南三亚游艇留影

在江苏南京大行宫留影

在北京香山公园留影

在福建泉州龙水村留影

在战友聚会即兴吟诗留影

在北京颐和园景区留影

在江苏苏州唐寅园留影

在厦门五缘湾海边留影

与国际自然和社会科学院院士、
国际战略问题专家俞邃合影

与中国文联副主席、中国美协主席刘大为合影

与解放军电视宣传中心原主任、中华诗词
学会会长助理李文朝合影

与著名油画家陈坚、著名
国画家杨幸郎合影

与著名军旅作家、国防大学教授乔良合影

与原总政话剧团著名喜剧小品演员郭达合影

与南京市人大代表、舞蹈艺术家、藏族大姐次仁措姆合影

与解放军艺术学院美术系主任李翔合影

与儿子和外甥女在天安门城楼合影

在北京颐和园十七孔桥留影

目　录

第一部　军歌嘹亮篇

第二部　时代风云篇

第三部　风流人物篇

第四部　锦绣河山篇

第五部　漱玉雅韵篇

第六部　时令节气篇

第七部　七彩生活篇

第八部 情满人间篇

第九部　感事抒怀篇

第十部 友情题赠篇

前　言

《心海拾玑》《心海泛舟》的相继出版，赢得了许多读者朋友们的喜爱，也催生激发了我从事诗词创作的热情。这一路走来，有鲜花掌声，有坎坷艰辛；有迷茫困惑，有踌躇感动；有疏僻懈怠，有勤勉执着……庆幸自己始终不忘初心、毅然前行，收获了很多。《心海潮涌》（“心海系列”三部曲大结局）的付梓刊印，希冀是一种接力、一份坚守、一点期许、一味寄怀。

诗词艺术是中华传统文化的精粹和瑰宝，其随着时代发展而日益凸显出来的蓬勃生机和无穷魅力，已经并正在极大地丰盈激扬着我们每一个人的精神生活，这也是我们华夏炎黄弘扬国学文化、重振民族经典、祈盼灵魂回归的又一显著标识和盛世景象。我很庆幸生活在这个伟大的时代，吾辈当为之相融共进，先著祖鞭，乘槎泛海，矢志不渝。

本书分军歌嘹亮、时代风云、风流人物、锦绣河山、漱玉雅韵、时令节气、七彩生活、情满人间、感事抒怀、友情题赠共十个篇章，收录古体诗词计二百五十六首（不含友情题赠诗词十六首）。考虑到不同社会阶层人士的阅读需求，部分诗词加了简明注释，配了精美插图。由于本人学识有限，加之时间仓促，书中不妥之处在所难免，敬请读者朋友们批评指正。

序言一

剑胆诗心

——读赵海荣诗词集《心海潮涌》

文学艺术界有个很明显的现象，就是很多才艺超群、成就卓著的诗人作家、艺术家，竟然出自于中国人民解放军序列。他们在这所特殊的学校和熔炉中锻炼成长，成为能文能武、德艺双馨的国家栋梁之材。他们是最可爱的人、最可敬的人。厦门某部上校军官、青年诗人作家赵海荣，就是这个群体中的一个优秀代表。

赵海荣出生于江苏省镇江市丹徒县。该县有着深厚的历史文化底蕴，去年被中华诗词学会授予“中华诗词之乡”荣誉称号。海荣从小受到江南灵秀山水的滋养和传统文化的熏陶，打下了丰厚的诗词学习创作基础。他立志从戎，孜孜以求，位列硕士研究生。2008年起，着手撰写散文新诗；2013年起，开始尝试旧体诗创作，短短三四年已写了1000余首，可谓成绩斐然。正如他所说：诗词是抵御黑暗、穿透俗尘的那一缕亮光，是洗涤精神纯洁灵魂的一泓清泉，是给人以健康、快乐和智慧的神圣殿堂。诗歌是其生命中不可或缺的一部分，这也正是他创作诗词的动因所在。

军旅诗词在古今诗词领域中从来都是一个重要的范畴，它在弘扬爱国主义、革命英雄主义和革命乐观主义精神方面，一直传播着正能量。海荣从军近三十载，应该说把最美好的青春年华献给了部队，具备深厚的军旅情结。在他的诗词意象中，有色彩斑斓、绚丽多姿的军旅生活和广大官兵的情感世界。比如，“昔日辱，何堪读？今博弈，惟趁逐！铸钢刀利剑，萧风肃穆。盛世兴邦基石固，人民乐业铜墙筑。且须齐，胄甲共长吟，精兵曲。”（《满江红·军改畅怀》）“堪书。擂鞞鼓，裳迎戈佩，泛碛行疆。幸得力，昭心智，启星光。但眺九州万里，如揽辔，轻步骄骧。期相约，长歌烽色，捷报角吹飏。”（《满庭芳·军艺毕学抒怀》）“涛飞月，走千雪，剑戟戎衣歃血。吹号角，舞旌旗，待君报捷时。”（《更漏子·致青屿守岛官兵》）作为一名军旅诗人，海荣立志高远，在诗词创作中注重时代特征、军旅特色和个人风格，在注重艺术特色和美学特质的基础上，始终突出“兵味”“战味”。他热爱部队生活，作品紧贴部队实际，接地气，具有浓厚的军营文化氛围。他笔下的军旅诗词成为中华诗词领域一道别致亮丽的风景线。

“一枝独秀不是春，百花齐放春满园。”海荣不仅军旅诗词写得好，其他体裁也广泛涉猎，诗囊颇丰，佳作琳琅。他的军旅诗透出豪迈、铁骨，社会诗透出侠肝、正气，山水诗透出灵秀、温度。正如他所云：“何谓好诗？个人以为起码有五个标准：有格局、有意象、有雅意、有本色、有亮点。”“好的作品是可以审视、可以触摸、可以呼吸、可以体味的。”海荣是这么说的，也是一直朝这个方向努力的，他始终保持着这么一种激情、一种欲望、一种坚守，创作出了一批有血有肉的好诗词。

作为一名爱国诗人，海荣的家国情怀和英雄气概、时代使命和社会担当精神，在他的诗中比比皆是、处处可见。例如：“将帅英模擎旗帜，须眉巾帼振长缨。东方狮醒惊寰宇，白鸽齐天万里清。”（《抗战大阅兵礼赞》）“除积弊，法昭融，暗流湍急也从容。依稀耳畔梅花赋，一代名臣魂梦中。”（《鹧鸪天·怀安石》）“但精进、步履从容。凝眸处、鲲鹏振翮，直向九霄重。”（《满庭芳·寄语十三五规划》）“阶拾祭英灵，蓦然浊泪横。七十年、虏焰消平。不死雄豪仍历目，血炽热，骨铮铮。”（《南楼令·写在抗日战争胜利70周年之际》）“百草园中柳枣香，书斋三味海棠芳。轩辕拯救谁啼血，一代文豪笔胜枪”（《鲁迅故里》）字里行间，都是满满的主旋律和正能量。

情感是诗的灵魂。是诗皆有情，无情不成诗。真正的好诗应是至情至性的性灵之作。诗人多为性情中人，海荣写诗常见真情流露。比如：“林荫绿波已皱，晚霞染彻城头。韶华流逝水难收，慨叹今宵别后。犹忆谋篇华夏，也曾经纬全球。蓦然回首泪凝眸，又把衣襟湿透。”（《西江月·回眸》）“鸳鸯戏水画中游，碧波淼，竞鸾舟。怎奈醒来，人去筵欢休。笑面桃花青袖瘦，徒黯默，涕长流。”（《江城子·惜春》）“岁月如巡，不觉春茵。蓦回眸、锦落纷陈。花期如是，更说凡身？叹草中珠，水中月，宴中珍。”（《行香子·春日感怀》）“江南谷种忙，爹惦返家乡。临别轻轻语，鹭鸶情也长。”（《送别亲人》）“泪眼望南乡，亲人水一方。柳枝尽蒙垢，枫叶已凝霜。铁甲叠千影，红樱振万长。依然魂梦绕，赤兔立身旁。”（《长相思》）诗中见家国情、战友情、亲友情，因为有真情在焉，故而有厚度、有深度，有刚度、有柔度，具有穿透力和感染力。

海荣的山水旅游诗有情有景，情景交融。诗中有画，有画面感、现场感和历史感。比如：“穿越金陵民国屏，闲街月桂惹风馨。夜莺朱雀应犹在，沁郁芬芳逸满庭。”（《太平北路1912》）“鸟瞰田螺恰绽梅，经年应有碟飞来。方圆错落成佳境，千古奇葩绝地开。”（《乙未秋重游漳州南靖四题. 土楼》）“云岩寺下御碑亭，耳汩虎狮长啸声。剑气禅心修几度，回眸一笑又魂倾。”（《虎　丘》）“曲水流觞雅咏声，鹅池洗笔话兰亭。人间醉墨谁知妙，漫自荷香处处馨。”（《兰　亭》）“燕山一下至名园，不尽沧桑入眼烟。锦阁湖光连画舫，清廊柳影接岚轩。昆明水击三江韵，万寿山扬百鸟喧。最喜今秋风习爽，俗尘随落欲成仙。”（《颐和园》）

“六朝建业梦魂殇，秋晚钟山遍地黄。玄武湖怀家国恨，秦淮水漾卞陈香。千年史脉皆含蕴，万种风情总断肠。戎马长嘶朔风烈，凭阑北望泪凝霜。”（《金陵怀古》）

总之，海荣的诗词，不管何种题材，都能得心应手，写得典雅精切。主题意境、谋篇布局、格律修辞、语言风格等方面，都把握得很有分寸。他的诗词文风清新、简约练达、通俗易懂，但往往都能准确表达诗心诗意，思想性、艺术性都达到了一定的高度，可圈可点、可喜可贺！

海荣还很年轻，底蕴深厚，多才多艺，成就显著，前途无量，在工作事业上和文学艺术上都会有更大的发展、进步和收获。祝愿海荣：

海阔天空鹏展翼，
荣花茂树笔擎天。

舒贵生

2017年2月于南京

序言二

诗 意 生 活

——读赵海荣诗词集《心海潮涌》

艺术的源泉是什么？生活。诗词作为艺术的一个重要门类，当然也是源于生活。亘古以来，任何诗词大家的不朽作品，不管是用“赋、比、兴”哪种创作手法，不管是哪种创作风格，表达什么样的题材，都产生于生活，又反映生活，对生活发出疾呼。这种“源于生活，高于生活”的创作理念与思想无疑是正确的。

军旅诗人赵海荣拟出第三本诗词集《心海潮涌》，希望我写点东西。我读完这本集子，首先映现在眼幕的是“生活”两个大字。

何为生活？生活是指人类生存过程中的各项活动的总和，一般指为幸福的意义而存在。生活实际上是对人生的一种诠释。生活包括人类在社会中与自己息息相关的日常活动和心理影射。生活是比生存更高层面的一种状态，也是人生的一种乐观的态度。每个人都有生活，但写好生活之诗极不容易，必须热爱生活、观察生活，才能讴歌生活。我认为，只有热爱生活才能产生对生活的感性认识层面，观察生活才能上升为对生活的理性认识层面，讴歌生活则把生活升华为诗性认识的层面。总体来看，第一层面的人是多数，第二层面是部分，第三层面而且用诗来讴歌者自然是少数，海荣是少数人中的佼佼者。

海荣的身份是军人。军人既有军旅生活，又有平民生活。热爱生活，对于他来说两者兼有之。有人称他是“军中辛弃疾”，虽然过于溢誉，但也说明他钟爱军旅生活，有坦荡的军旅情怀，有“谁解英雄寂寞，惟求不枉此生”（作者词句）的意愿。

他的军旅诗词，无一不是对军旅生活的生动描写，充满着昂扬的正能量。正如他自己所言：“军旅诗词在诗词方阵中从来不是一个逼仄的范畴，它在弘扬主旋律、传播正能量上具有其天然属性和独特魅力。”“作为一名军旅诗人，就要树牢为强军目标奠基、为战斗力服务、为部队官兵铸魂的思想。要大力宣传色彩斑斓、绚丽多姿的军旅生活和广大官兵的情感世界，深入训练场和官兵中去，感受他们的疾苦，同频他们的悲欢。唯有这样，我们的作品才能紧贴部队实际，才能接地气，催生浓郁的战斗文化氛围。”

《满江红·军改畅怀》是他最得意，也最能反映其热爱军旅生活的，又最有“兵味”“战味”的词作。词曰：“瑞雪初收，惊寰宇，全球侧目。怀隼鹗，赤魂鞭血，保家卫国。犹忆赵王征悍马，仍思秦武擒麋鹿。但驰骋，大匠破藩篱，添新绿。前凌辱，何堪读？

今博弈，惟追逐！铸钢刀利剑，罡风澄穆。盛世兴邦基石固，人民乐业铜墙筑。且须齐，胄甲共长吟，精兵曲。”此词作能在多处刊出与获奖，在于它思古抚今，抒发怀抱，观察事物的发展，表达军人的豪情与军改的宏景，极具时代精神，又富于诗境。

像这样的诗词，在《心海潮涌》“军歌嘹亮篇”中屡屡可现。在赵海荣的笔下，军旅生活已绝非宋代词人辛弃疾所描绘的“醉里挑灯看剑，梦回鼓角连营”那样单调，而是奇光异彩，夺人耳目。《武器装备系列五题》就做出精彩的表现，如《防空导弹》：“鹰眼猎微观，鹪蚊无放宽。雷神超视距，弹道绕山峦。警报方圆响，信书天地拦。此空由我掣，利剑斩戎冠。”又如《潜艇》：“憨豆憩栖似玉虬，一头潜入大洋洲。悄然遁影神无晓，静谧消声鬼见愁。镖掷嗖嗖巨鲨恨，叉飞猎猎墨鱼忧。忠魂胆气融洪脉，百炼千锤慑敌酋。”用诗的语言写武器这样的出神入化，一要观察入微，二要有想象力与形象思维，三要丰富的词汇与流畅的表达。

海荣爱物(兵器)，更爱人(官兵)。他在《金缕曲•魂兮归》中写道：“梦魇而今已。跨时空、几经辗转，魂归乡里。曾策长鞭扬天宇，队队烟鸿飞逝。却回首、那堪情恣。倏兀弹飞遮断眼，笑凝眸、流照随风坠。折剑戟，血花旖！巍巍松柏为谁翠。更庄严、国旗护柩，万民垂泪。今洒无疆家园爱，还数蓝盔战士。挺脊骨，肩扛道义。一曲阳关西夕落，但河山、九地寒萧起。且为汝、吟追思。”这首词是奠祭维和牺牲的英烈。军人写军人，深情化字句，“一语一酸辛”，足可催人泪。

军人也有平民生活的一面，军旅诗人与普通诗人一样，同样具有真情、柔情、深情与悲情，主动地融入世间万象、人伦情景之中。正如作者所言：“我负责记录源自生活中的点滴灵感，因为它承载了我许多的思想、情感和悲喜，于我来说，是人生中一笔宝贵的精神财富。”此言是也。

海荣的平民生活很丰富，诗词的题材也很广泛，风格较为明朗，想象力颇为丰富，表现方法也多样性，可谓不拘一格。

他爱山水，在观赏自然风光与人文景观中抒发情感。《丙申夏游厦门莲花镇》写道：“云雾白交祠，朦胧宛首诗。青茶流滴翠，油菜出新姿。篁翠飞姣兔，篱疏走锦鹂。闲情难得有，今又醉心怡。”中间两联，只有对事物观察细微才能写出，有点杜甫“细雨鱼儿出，微风燕子斜”的味道。正因为有中间两联描绘的景色，才会得出尾联“醉心怡”的结语。

爱恋花草，并在歌咏花草中寄托情绪。《水龙吟•木棉花》：“东风恣意红黄，满城尽是彤云烈。重葩叠萼，花团锦簇，铅华犹雪。弄影骚姿，超凡飘逸，卓然高洁。对楼阑亭榭，黄鹂结伴，百媚笑，骄魂热。最恨雨来天裂，任零落、黯然离别。蕾皴玉皱，脂浮瓣碎，酡颜喋血。惟自唏嘘，朝花夕拾，英雄倾折。正烟花四月，春宵尚早，那堪情绝？”对木棉“百媚笑，骄魂热”无比欣赏，对其“任零落、黯然离别”不胜痛惜。写花乎，抑人乎，亦情乎，或三者皆有乎，让读者去体会吧。

喜爱远游，在远游之中得到感官享受与心灵满足。如《金盏倒垂莲•踏青》写道：“杨柳依依，看烟波渺渺，镜水微漪。春燕徕徊，漫自啄新泥。恰正是，清风和畅，宝鞍轻简随驰。更喜好雨，聆弦直达心扉。人生还须得意，寄闲情逸致，莫过乡夷。卧枕溪云，无处不诗思。恁记得，油桐花下，美娇娥舞千姿。醉里一笑，几时拥个她谁？”上片写景，耳目为之一新；下片写情，情寄遐想之中。尤其最后两句引人入胜：“醉里一笑，几时拥个她谁？”端个“佳人美景两相宜，问道世间谁不痴”。

酷爱文学艺术，爱好笔墨，喜与艺术家交往，一些题画诗与酬答诗写得生动形象。如《题壶口瀑布图》：“仞壁如林镇玉盘，虎狮长啸奏千弹。飞涛舞袂推乾首，敢撼星河戏大观。”表现出壶口瀑布天上“飞来之水”的壮势。《题旭日东升图》：“青松叠古川，旭日逐云烟。遒嶂层林染，龙涎荡大千。”眼中顿时产生仰望红日冉冉升起的情景。

富有伦理与情感生活，表现出有血有肉的男儿形象。《游子吟》写道：“游子梦魂倾，年年望润城。挥毫曾激奋，执剑绝前行。成败休提贝，悲欢莫道情。鲲鹏平地起，耳畔爹娘声。”父母之情，血肉交融，从“游子梦魂倾”到“耳畔爹娘声”，不尽怆神，不堪卒读。《示儿》：“由来求学路途艰，不闯成名岂说还。唯有弥坚鸿鹄志，方能泛棹涉难关。”对儿子期望与激励，天下为父者相同，真所谓“怜子如何不丈夫”。他被人称为“军中情诗王子”，从《情殇系列四题》可见一斑。其中最为伤情是《新词•别情》：“又日春，雨初歇，薄巷桐荫已影绝。荼靡花事断难觅。情也真，思也切，鸣笛一声人去也，天涯何处寻枝叶。”手法与情调端的可以比拟宋词，读者亦会心泣情碎。

记得我在他第二本诗词集《心海泛舟》“序言”中有这么一句话：写诗不只是用笔，更重要的是用情，“诗也情所至”。在这里加上一句：“情也生活使之”。海荣在该集的“前言”中表达了“始终不忘初心、毅然前行”的情怀，愿他诗情不老，诗意生活长在！

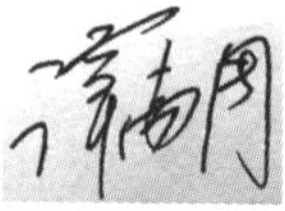

2017年1月于厦门寓所紫南斋

第一部　军歌嘹亮篇

抗战大阅兵礼赞

秋日沙场大点兵，宾朋济济聚京城。
银鹰呼啸凌空掠，铁甲轰鸣席地行。
将帅英模擎赤帜[①]，须眉巾帼振长缨。
东方狮醒惊寰宇，白鸽齐天万里清。

【注释】

①赤帜：《史记•淮阴侯列传》载："选轻骑二千人，人持一赤帜，从闲道萆山而望赵军。"指革命旗帜。

纪念红军长征胜利80周年

炳彪青史著华嵩[①]，万里长征世独崇。
小米步枪驱虎豹，雪山草地塑农工。
救亡燃起星星火，逐寇飞扬浩浩风。
板荡英雄谁与共，极眸遍岭杜鹃红。

【注释】

①华嵩：晋陶潜《五月旦作和戴主簿》云："即事如已高，何必升华嵩？"亦作"华崧"。华山与嵩山的并称，常用以比喻崇高或高大。

纪念抗日战争胜利70周年

倭寇凶残似兽夷，屠城杀戮血京畿[1]。
山河破碎星辰暗，家国沉沦黎庶糜。
华夏英雄驱赴死，东瀛贼子举降旗。
烽烟虽息阴魂在，前事无忘后事师。

【注释】

①京畿：国都及国都周围的地方。

南楼令·抗战70周年祭

阶拾祭英灵，蓦然浊泪横。七十年、虏焰消平。不死雄豪仍历目，血炽热，骨铮铮。

雨过喜天晴，云开盼旭倾。国中兴、胄甲[1]听笙。今燃坟茔香一炷，且须惕，振长缨。

【注释】

①胄甲（zhòu jiǎ）：古代战士戴的铠甲和头盔。代指军人。

夜合花·写在抗战胜利70周年之际

犹忆卢沟，铁蹄凌踏，九州血雨腥浪。山河破碎，朔风肆虐寒霜。横尸遍村庄，怒东瀛、倭寇猖狂。八方忠勇，同仇敌忾，共射天狼。　　烽烟逐去苍凉，屹长城，漫祥云气汤汤[①]。无谖永矢[②]，共祈正义曦光。换劫雾虚泱，警幽鬼、饶舌雌黄。更须晴日，望鸾振翊[③]，栩栩东方。

【注释】

①汤汤（shāng shāng）：广大貌，浩茫貌。

②无谖（xuān）永矢：又作永矢弗谖。《诗经·卫风·考盘》云："独寐寤言，永矢弗谖。"指永不忘记。

③翊（yì）：通"翼"。

满江红·军改畅怀

瑞雪初收，惊寰宇，全球瞩目。怀隼鹗[①]，赤魂鞭血[②]，保家卫国。犹忆赵王征悍马，仍思秦武擒麋鹿。但驰骋，大匠破藩篱，添新绿。　　前凌辱，何堪读？今博弈，惟追逐！铸钢刀利剑，罡风澄穆。盛世兴邦基石固，人民乐业铜墙筑。且须齐，胄甲共长吟，精兵曲。

解放军海军“辽宁舰”

【注释】

①隼鹗（sǔn è）：见清代揆叙《鹰坊歌和他山夫子》：“嗟汝生性特趫捷，隼鹗未许随肩行。”中国现代猛禽，特指致远雄心和变革激情 。

②鞭血：唐代鲍溶《述德上太原严南书绶》云：“终古鞭血地，到今耕稼繁。”代指战争。

阮郎归·觅史

春风驰急正趋时，草青骢马[1]嘶。碧痕烟笼雨飘丝，柳枝任燕飞。　巡三地，忆追思，溯源惟敬垂。犹闻腥血溅戎衣，夕曛[2]扶战旗。

【注释】

①骢（cōng）马：见李白《赠韦侍御黄裳》："见君乘骢马，知上太行道。"指青白色相杂的马。

②夕曛：南朝宋谢灵运《晚出西射堂》云："晓霜枫叶丹，夕曛岚气阴。"指落日的余晖。

红二、六军团会师

红军战鄂又临湘，直下黔江握木黄[1]。
古楠苍颜犹肃穆，耳边又响悸[2]关枪。

【注释】

①木黄：红二、六军团木黄会师，是两军团进入新的历史时期的转折点和里程碑。

②悸：通"机"。

湘江战役旧址

今来界首瞻军帐，满目苍凉血战场。
多少潇潇雨和泪，都飘湘水祭忠良。

乙未冬经略谋篇应制

海云诡谲泛波澜，手缚长缨力不殚。
经略远谋盘杀器，休教燕雀过青峦。

题“辽宁舰”远航

游龙蛰伏①几多患，溯史今犹血泪潸。
劲豹擒麋凭器利，雄狮逐鹿得锋艰。
盖关国事须驰远，岂可兵戈只等闲。
但眺长空云气颢，深蓝自此换新颜。

【注释】

①蛰伏：见《淮南子•天文训》：“百虫蛰伏，介鳞者蛰伏之类也，故属于阴。”指动物冬眠，潜伏起来不食不动。

武器装备系列五题

歼-10战机

叱咤鲲鹏技艺超，直冲穹顶掠云霄。
攻歼格斗凌威猛，覆雨翻云战悍鹞。

潜 艇

憨豆憩栖似玉虬，一头潜入大洋洲。
悄然遁影神无晓，静谧消声鬼见愁。
镖掷嗖嗖巨鲨恨，叉飞猎猎墨鱼忧。
忠魂胆气融洪脉，百炼千锤慑敌酋。

解放军海军常规潜艇

岳阳舰

曾经遏浪逐豺狼，赫赫奇功美誉扬。
广袤深蓝心所向，中华神盾又飞航。

微山湖舰

放眼全球闯大洋，冲锋补给勇担当。
犁波劈浪何谦惮[1]，驭海凌波卫海疆。

【注释】

①谦惮（dàn）：见《新唐书•姚崇传》：“它宰相畏帝威决，皆谦惮，唯独崇佐裁决，故得专任。”指因畏惧而退缩不前。

防空导弹

鹰眼猎微观，鷦蚊无放宽。
雷神超视距，弹道绕山峦。
警报方圆响，信书天地拦。
此空由我掣，利剑斩戎冠。

满庭芳·军艺毕学抒怀

秋染燕京，辕门[1]霜浸，火枫红彻城墙。戎机[2]初息，才跋艺耕堂。漫自演笳史御，赏舞墨，戏说青棠。惊黉殿，楼船铁马，映雪百花芳。　　堪书。擂鞞鼓，裳迎戈佩，泛碛行疆。幸得力，昭心智，启星光。但眺九州万里，如揽辔[3]，轻步骄骧[4]。期相约，长歌[5]烽色，捷报角吹飏。

【注释】

①辕门：军队营帐的围墙门，代指营门。

②戎机：见《乐府诗集·梁鼓角横吹曲·木兰诗》：“万里赴戎机，关山度若飞。”指战争、军务。

③揽辔（pèi）：三国魏曹植《赠白马王彪》云：“欲还绝无蹊，揽辔止踟蹰。”指挽住马缰。

④骄骧：马首仰举貌。

⑤长歌：《旧唐书》载：唐名将薛仁贵击九姓突厥于天山，三矢射杀三人。军中歌曰：“将军三箭定天山，战士长歌入汉关。”

江城子·乙未冬二十日畅想

凌寒腊月冽风飏，短山冈，路苍凉。欲上圌山[①]，又恐日将快。一路繁华皆阅以，多怀悦，畅心房。　世情还念旧时光，满庭芳，漾书香。戌角骤吹，赤兔拔蹄扬。前路莫愁多坎坷，仍梦在，任飞翔。

镇江市东郊圌山

【注释】

①圌（chuí）山：又名曲山，今位于江苏省镇江市东郊，雄峙江浒，扼锁大江。

第二部　时代风云篇

满庭芳·寄语“十三五”规划

三月京畿，和风拂面，神州大地葱茏。辅商国是，议政论英雄。曾历险滩湍阻，犹回首、沐雨乘风。蓦然驻、拨云望日，千舸一江鸿。　　丹衷。情难禁，五年蓄势，绝决高峰。更喜创新篇，巨制恢洪[①]。须警妖魔小鬼，但精进、步履从容。凝眸处、鲲鹏振翮[②]，直向九霄重。

【注释】

①洪：通“宏”。

②振翮（hé）：见《说文》：“翮，羽茎也。”指拍打着翅膀向上飞行。

忆秦娥·供给侧

点金策，金融发展描新色。描新色，四场战役，三大原则。　　供需调整高端革，产能增建民恩泽。民恩泽，锦裳霓旆，万众眸侧。

一声春雷惊天地

——贺“亚投行”设立

华夏欣抛橄榄枝，五洲唱响一盘棋。
金融贸易须连理，基建投资当固池。
敢向霸权争据席，相携盟友倚擎旗。
乾坤浩荡宏图展，正道沧桑信共追。

题从严治党

历来吏治先严上，大海航行靠舵桨。
温水青蛙危卵徒，暗仓硕鼠痴心枉。
修身律己靠坚行，谋事用权须自量。
肃纪缉纲正适时，喜迎华夏新乾象。

题全国产业精准扶贫电视电话会

东西联袂一盘棋，妙墨书行盈裕诗。
丹凤孵鹓筑金臼，鲲鹏比翼九天追。

题福建省脱贫攻坚电视电话会

国之大事系民生，精准扶贫始共行。
习习春风盈满座，犹闻得得马蹄声。

题厦门城乡社区网格化会

信息筑蜂巢，嘉禾率领跑。
街区条块化，网格陌阡交。
简政疏通径，安民搭末稍。
欣看鸥鹭舞，碧海竞龙蛟。

题中国航天研究院

烈火长空始此辕，强军路上独鸿骞[①]。
群英摇舸天河渡，一唱凯歌正日暄[②]。

【注释】

①鸿骞（qiān）：南朝梁沉约《齐故安陆昭王碑文》云：“乃鸿骞旧吴，作守东楚。”喻升迁、腾达之意。

②日暄：太阳的温暖。特指蓬勃生机、昂扬向上。

题2015“习马会”

逝岁早蒙尘，初葭尚翠茵。
由来连理树，自古一家人。
骨肉忍相别？齿唇缘比邻。
经年来握手，喜鹊唱枝频。

题杭州G20峰会

桂月荷花沁鼻香，钱塘两岸好风光。
潮头傲立云帆起，经贸绸缪又启航。

杭州国际博览中心

题中共六中全会胜利闭幕

打铁还须硬自身，梨花催得满园春。
犹欣桨划中流水，华夏泱泱日响臻。

题首个全民国家安全日

华夏由来善友邦，惟期国泰又民康。
奈何树静风无止，切莫南山马放缰。

贺天宫二号飞天

枭龙一吼冲霄汉，九宇五洲醒目看。
玉帝阶前拾履迎，星河接地开飞栈。

贺女排里约奥运会封王

冠摘傲巅峰，王师显霸雄。
泪花尤肆意，酣畅笑西风。

题湖北日报传媒集团

心心有所期，荆楚报新奇。
文韬声价重，腊梅芳满枝。

沁园春·南海仲裁闹剧

占尽风骚，史册炳彪，日月辉煌。看天蓝海碧，鲸鲵出水；沙银云蔚，龟贝徜徉。世代儿孙，乘槎[①]破浪，耕拓渔场百业昌。喜邻里，历和亲贸易，共结同襄[②]。　　何来强盗嚣张，引提线偶人操跳梁。置理章罔顾，移花接木；贼心觊觎[③]，信口雌黄。华夏泱泱，沧桑正道，岂惧流氓死作狂。霾终散，眺潮来潮去，我主东方！

【注释】

①乘槎（chá）：亦作“乘楂”。乘坐竹、木筏。

②同襄：襄者，襄助，辅助也。指共同干事创业。

③觊觎（jì yú）：渴望得到不应该得到的东西。

贺厦门流行音乐协会成立

夏荷初绽悦华堂，雅乐[①]流行绕凤梁。

骄鹭一朝腾九宇，天高海阔任翱翔。

厦门流行音乐协会成立大会主会场

【注释】

①雅乐：古代的汉族宫廷音乐，特指帝王朝贺、祭祀天地等大典所用的音乐。代指音乐。

第三部　风流人物篇

缅怀一代伟人毛主席

东方霹雳起韶山，任钜肩鸿救国悭。
赤子情怀民本以，理真烈火耀幽圜[1]。

【注释】

①幽圜：指天空。

解佩令·毛泽东

抚今追昔，浪涛翻急。眺长空、思绪难灭。一介书生，撼万壑、略韬千阙。点丹青、拨云望月。　　信仰昭示，精神灼热。数风流、鸿途如铁。自古英雄，是人杰、那堪情绝？喜神州、卓魂犹烈。

缅怀周恩来总理

叱咤寰宇，傲然苍穹。
鞠躬尽瘁，两袖清风。

赴难蹈海，闲庭从容。
百涛畴昔，花仍艳红。
国之典范，品高华雍。
今夕犹昨，万民仰嵩。

悼杨开慧

骄杨灼焕[1]炯长沙，傲骨铮铮迎赤霞。
抛子舍身何所惧，蝶衣血溅杜鹃花。

【注释】

①灼焕：见唐李复言《续玄怪录·杜子春》：“中有药炉，高九尺余，紫焰光发，灼焕窗户。”指照耀。

悼张震将军

戎马生涯写赤诚，战功卓著立威名。
将军驾鹤今西去，浩气长存旭蔓菁[1]。

【注释】

①蔓菁：暗指一种伤感的色彩。

悼歼15飞行员张超

剑指深蓝卫国先，枭龙一诺傲鸿天。
刀尖起舞何其炫，铩羽①魂归亦逸翩。

【注释】

①铩（shā）羽：伤了翅膀，比喻失意、失败、失利。

悼歼10女飞行员余旭

木兰逐梦吟苍宇，一瞥轻鸿化旭飞。
倩影盈眸犹昨日，那堪追思盼伊归。

解放军歼击机飞行员余旭

金缕曲·魂兮归来

——祭维和牺牲的英烈们

梦魇而今已。跨时空、几经辗转，魂归乡里。曾策长鞭扬天宇，队队烟鸿[1]飞逝。却回首、那堪情恣。倏兀弹飞遮断眼，笑凝眸、流照[2]随风坠。折剑戟，血花旖！

巍巍松柏为谁翠。更庄严、国旗护柩，万民垂泪。今洒无疆家园爱，还数蓝盔战士。挺脊骨，肩扛道义。一曲阳关西夕落，但河山、九地寒萧起。且为汝、吟追思。

【注释】

①烟鸿：见唐太宗《秋日即事》："散岫飘云叶，迷路飞烟鸿。"杜牧《走笔送杜十三归京》："烟鸿上汉声声远，逸骥寻云步步高。"指云中的鸿雁。

②流照：唐代沉如筠《闺怨》云："愿随孤月影，流照伏波营。"前蜀杜光庭《谢独引令宣付编入国史表》："伏惟陛下大明御历，至圣宣功，廓覆载覃恩，并曦舒而流照。"意光辉照射，代指流逝的岁月。

悼边防连连长杜宏

雪原林海好儿郎，戍守边防紧握枪。
壮志酬筹化魂去，杜鹃开遍满山芳。

题记抗洪一线无名英雄

饭菜温余已梦萦，寐时铁骨亦峥嵘。
赴汤蹈火死何顾，最美还言子弟兵。

更漏子·致青屿守岛官兵

彩云飘，海天洗，锦绣礁盘芊丽。风帆隐，岛烟浓，远山隔几重。　　涛飞月，走千雪，剑戟戎衣歃血[1]。千嶂里，舞旌旗，待君报捷时。

【注释】

①歃（shà）血：古代举行盟会时，微饮牲血，或含于口中，或涂于口旁，以示信守誓言的诚意的行为。

鹧鸪天·怀王安石

霞落半山染烬红，栖蝉鸣碎[1]笑秋风。曾经革故图新事，遏浪飞舟擒孽龙。　除积弊，法昭融[2]，暗流湍急也从容。依稀耳畔梅花赋，一代名臣魂梦中。

南京半山园王安石故居

【注释】

①鸣碎：形容蝉连续不断地鸣叫。

②昭融：见《诗·大雅·既醉》：“昭明有融，高朗令终”。谓光大发扬。

第四部　锦绣河山篇

乙未秋游古都南京五题

灵谷寺

钟山古刹深，灵谷可开襟。
到此参禅境，还须一素心。

瞻　园

秦淮十里好湖山，当数瞻园第一观。
游客顿生怀古意，丹青翰墨不胜看。

太平北路1912

穿越金陵民国屏，闲街月桂惹风馨。
夜莺朱雀应犹在，沁郁芬芳逸满庭。

美龄宫

宋氏芙蓉举国倾，揽风驭浪显峥嵘。
中西合璧修温玉，不枉传奇度一生。

鹧鸪天·南京博物院

虎踞龙蟠列九重，金銮碧玉炫倾宫。江南古韵千姿媚，吴越温香极尽浓。　天宝韵，物华丰，地灵人杰享时雍。皇权显贵今安在？一任残阳逐晚风。

乙未秋重游杭州三题

西　湖

春暖江南几度熏，西湖飞燕剪岚云。
红颜袖薄香流逸，醉罢青山醉路君。

千岛湖

层林叠嶂遍汤中，一袭琼濂沐桂风。
波泛扁舟看不足，丹山碧水炫青穹。

宋　城

千古江南有赫名，岳王梁祝上河清。
烟波漫过胭脂巷，望断红尘多少情。

乙未秋重游三亚二题

亚龙湾

一海闲云一碧宫，一山一岛一长虹。
一人一树一休憩，一梦销魂一醉翁。

相思引·忆三亚

北纬椰风君好逑，蒲牢引浪写风流。仙眷顾，不忆“鹿回头”？　　龙御祥云升桂殿，天涯海角竞飞鸥。伊人一笑，此去水难收。

三亚凤凰岛

乙未秋重游漳州南靖四题

云水谣

南风戏逐彩云飞，古道清幽一水依。
远去雁声啼不住，千年榕树洒金晖。

塔下村

翠嶂青峰遍岭涯，小桥流水竹篱笆。
管它岁月催颜老，童叟相邀试小虾。

土　楼

鸟瞰田螺[1]恰绽梅，经年应有碟飞来。
方圆错落成佳境，千古奇葩绝地开。

【注释】

①田螺：指田螺坑土楼群，今位于福建省漳州市南靖县西部的书洋上坂村田螺坑自然村。

如梦令·南靖印象

如梦桃源静早，初露蘑菇[1]窈窕。犹喜古榕幽，一曲潺流咏调。　　绝妙，绝妙，此地赋闲正好！

【注释】

①蘑菇：因土楼外观貌似出土蘑菇，特指土楼建筑群。

乙未初冬游苏州四题

苏州揽胜

吴越风光数此奇，人间胜境醉心怡。
悠悠笠泽[①]烟含秀，步步亭台径转迤。
曲水叮咚鸣雅韵，名园叱咤展瑰姿。
更欣郎苑[②]枫桥夜，低唱春秋绝妙辞。

【注释】

①笠泽：古代地名，今江苏吴江一带。

②郎苑：特指郎苑酒家。

太仓沙溪古镇

吴地黍丰囤大仓，郑和官渡始西洋。
犹闻丝竹清腔韵，濑水悠悠醉篓乡。

唐寅园

琴墨诗书绝世寻，痴情浪子也温心。
依稀遗韵秋香艳，一代风流数子衿[1]。

【注释】

①子衿：见《诗经·郑风》：“青青子衿，悠悠我心。”原指心上人，后被曹操援引到其作品《短歌行》中，喻为文人贤士。特指唐伯虎。

虎　丘

云岩寺下御碑亭，耳汩虎狮长啸声。
剑气禅心修几度，回眸一笑又魂倾。

苏州云岩寺虎丘塔

乙未初冬游武汉六题

大武汉

一江秋水半城山，九省通衢揽宇寰。
楚汉臻都多景秀，柔眸极处尽开颜。

黄鹤楼

极目远天黄鹤去，神州享誉此仙楼。
楚风浩荡思先圣，多少烟云覆古忧。

晴川阁

银汉落河川，神州一脉天。
登高风阁动，放眼鹤翩跹。

古琴台

今见江城旷世琴，高山流水觅知音。
如何念念伯期[1]好？宁绝心弦谢梦寻。

【注释】

①伯期：指俞伯牙与钟子期。

梅岭一号

梅岭居幽步静嘉[1]，东湖叱咤锦年华。
揽云逐日魂犹在，枫叶红于二月花[2]。

【注释】

①静嘉：见《诗•大雅•既醉》："其告维何，籩豆静嘉。"汉代张衡《东京赋》："涤濯静嘉，礼仪孔明。"朱熹集传："静嘉，清洁而美也。"指洁净美好。

②二月花：借杜牧《山行》诗句："停车坐爱枫林晚，霜叶红于二月花。"

湖北省博物馆

荆楚遗风写斐然[1]，史诗花卷荡云烟。
青花瓷绣春秋韵，黄刃剑[2]雕战国坚。
仙鹤腾思崔颢绝，汨罗[3]逝念屈原先。
清音古曲犹回响，今夕不知溯昔年。

【注释】

①斐然：见《史记•太史公自序》："结子楚亲，使诸侯之士斐然争入事秦。"有文采的样子。

②黄刃剑：特指镇馆之宝越王勾践宝剑。

③汨罗：汨罗江。

乙未冬游桂林六题

灵　渠

大秦始引九龙迁，铧嘴[1]分流三七杈。

一统河山几分定，天平还担两江[2]田。

【注释】

①铧（huá）嘴：灵渠工程的起点，位于兴安县城东南海洋河的分水塘（又称渼潭）拦河大坝的上游，由于前锐后钝，形如犁铧，故称“铧嘴”。

②两江：特指湘江、漓江。

天籁蝴蝶泉

谁开一处天，火焰烙青川。

天籁曲流罄，蝶儿岩上翩。

漓　江

剑削嵯峨[1]列画屏，闲听槎女练歌声。

舟行九曲下千尺，难忘游来一路情。

【注释】

①嵯峨：形容山势高峻。

靖江王府

谁见潜龙独秀[1]岑，南朝远去白云深。
郡藩犹映银钩[2]韵，文刻摩崖甲桂林。

【注释】

①潜龙独秀：“独秀”指靖江王城内的独秀峰。因宋高宗赵构曾在独秀峰下居住，所以被认为是潜龙之地。

②银钩：见宋代李弥逊《游梅坡席上杂酬》：“竹篱茅屋倾樽酒，坐看银钩上晚川。”指弯月。

象鼻山

天色未光神女羞，漓江浩浩水长流。
初醒神象慵颠水，蓑笠鸬鹚正泛舟。

桂林象鼻山

遇龙河

天外来峰十二重，凤凰竹影齐溟濛。
筏飞丈顷方知觉，妙处仍兹一棹工。

乙未冬游武当山二题

武当山

玉宇琼台玄武观，群峰箭镞指濛天。
尤欣天赐银花[1]降，说道沉吟更自然。

【注释】

①银花：特指雪花。

南岩石阶

南岩千里雪，踯躅[1]向天行。
万仞[2]皆沉寂，寒鸦入耳鸣。

【注释】

①踯躅（zhí zhú）：指徘徊不前。

②万仞：仞，古代计量单位（周尺八尺或七尺，周尺一尺约合二十三厘米）。代指高山。

乙未冬游宜昌四题

三峡人家

灯影夷陵立，嵚崟[1]神令石。
氤氲隐荫幽，袅娜归潭碧。
锦缋[2]织烟云，丹青飞的砾[3]。
谁歌巴楚情，吊脚醉佳夕[4]。

【注释】

①嵚崟（qīn yín）：形容高耸。

②锦缋（huì）：《孔丛子•居卫》载：“夫锦缋纷华，所服不过温体；三牲大牢，所食不过充腹。”指色彩艳丽的织锦。

③的砾：见唐代李邕《崧台石室记》：“有巨石皆似蹲兽之类，叠花仰空，的砾琼脂，色如截肪。”形容光亮、鲜明的样子。

④佳夕：唐代韦应物《沣上西斋寄诸友》云：“玩月爱佳夕，望山属清朝。”犹良夜。

巴楚人家

傍山依水缀繁星，细雨几吟云雾乘。
举拍频频行径没，巴家处处炫图腾。

清江画廊

烟岚武落岭濛濛，揽胜澄江倒影[1]瞳。
拾级雄奇如险径，泛波浩渺引飞蓬[2]。
清溪陌上红枫艳，翠竹林间锦阁融。
犹是迷人看不尽，静姝[3]不觉入朦胧。

【注释】

①倒影：指倒影峡景点。

②飞蓬：指枯后根断遇风飞旋的蓬草。

③静姝：见《邶风·静女》："静女其姝，俟我于城隅。爱而不见，搔首踟蹰。"指娴静美好的女子。

情侣瀑——黄龙瀑、琴鹰瀑

（中华新韵）

流练何须急，深潭日等闲。
龙鹰本佳眷，比翼恰鹣鹣[1]。

【注释】

①鹣鹣（jiān jiān）：《尔雅·释地》："东方有比目鱼焉，不比不行，其名谓之鲽；南方有比翼鸟焉，不比不飞，其名谓之鹣。"古代传说中的鸟名，即比翼鸟。

乙未冬游襄阳二题

古隆中

三顾草庐天下传，卧龙伫此汲清泉。
一番晤对隆中策，经世奇谋法陌阡。

习家池

习氏宗祠写赫篇，孝忠智勇育名贤。
治家传世还登岘，又喜清池泛碧涟。

襄阳习氏宗祠

乙未岁末湘黔游二题

凤凰古城

青石边城砌，遍街流水声。

凤凰栖小市，羁客向江行。

云舍村

黔南青黛绝埃尘，土寨苗家第一村。

满目神龙清涧水，篱边浅立[①]雀啼门。

【注释】

①浅立：指稍稍站立、停留。

如梦令·漳州东山印象

时雨时晴有料，碧海蓝山咏调。还恋古城幽，忠烈黄公曜耀[①]。　绝妙，绝妙，他日邀欢可好?

【注释】

①曜（yào）耀：《释名·释天》云：“曜，耀也，光明照耀也。”指照耀。

丙申暮春游上海三题

东方明珠塔

今有闲情致，三临沪外滩。
明珠穿虎殿，金茂揽龙盘。
万笋云间跃，千鲸水际欢。
顽童犹未老，直欲上彤銮[1]。

【注释】

①彤銮：皇宫正殿。

黄浦江夜色

锦绣江澜魅，呢喃海鸟声。
香风惹人醉，恍若梦中行。

中共一大会址

黄陂林荫道澄幽[1]，烽火云烟锁眼眸。
始得纲魂犹巨掣，东方狮醒竞风流。

【注释】

①澄幽：犹深邃貌。

丙申暮春泉州乡村游三题

东里村

四月数花魁，油桐漫道开。
闲悠东里下，妙趣自然来。

龙水村

九龙戏水浣溪潺，簟匠[1]编篮织锦川。
最喜娇娥[2]轻一笑，花儿怒放我心田。

【注释】

①簟匠：簟，指竹席、竹簟。代指编竹席的人。

②娇娥：见《敦煌曲子词•夙归云》："幸因今日，得睹娇娥。眉如初月，目引横波。"指美貌的少女。

大羽村

烟云岭上泛澄晖[1]，白鹤翩翩振翼飞。
叱咤武林无不晓，永春拳术放光辉。

【注释】

①澄晖：见南朝宋谢庄《月赋》："升清质之悠悠，降澄辉之蔼蔼。"指清光。

丙申夏游厦门莲花镇

云雾白交祠，朦胧宛首诗。
青茶流滴翠，油菜出新姿。
篁[1]翠飞姣兔，篱疏走锦鹂。
闲情难得有，今又醉心怡。

【注释】

①篁：竹林。

丙申秋重游杭州灵隐寺

青山滴翠流溪瘦，梵语烛香飘彩岫。
古刹千年影入松，南风习习飞峰秀。

杭州灵隐寺

丙申秋游绍兴三题

兰 亭

曲水流觞雅咏声，鹅池洗笔话兰亭。
人间醉墨谁知妙，风逐芙蕖[1]处处馨。

【注释】

①芙蕖：亦作“芙渠”。见《尔雅·释草》：“荷，芙渠。其茎茄，其叶蕸，其本蔤，其华菡萏，其实莲，其根藕，其中的，的中薏。”荷花的别称。

鲁迅故里

百草园中柳枣香，书斋三味海棠芳。
轩辕[1]拯救谁啼血，一代文豪笔胜枪。

【注释】

①轩辕：中华民族始祖，人文初祖，中国远古时期部落联盟首领。代指中华民族。

安昌古镇

穿街反奏小琵琶，青石拱桥映万家。
犹喜乌篷吱嘎响，泛波暗恋水莲花。

丙申秋重游普陀山二题

普陀山

一山一水一僧迦，一脉天鸿一醉酡[1]。

一雨一云几番洗，一生一梦一南柯。

【注释】

①醉酡：宋代刘子翚《次韵陈成季郡会》：“风流阁老推前辈，喜客温颜似醉酡。”指醉酒貌。

菩萨蛮·普陀山印象

海天森森云鸥逸，红衣[1]滟滟罗裙[2]悉。南国护禅修，普陀驱众愁。　　朝辞晴旭好，夕照丹霞袅。更喜雨淋淋，樵风[3]舒我心。

【注释】

①红衣：见唐代许浑《秋晚云阳驿西亭莲池》：“烟开翠扇清风晓，水泥红衣白露秋。”指荷花瓣。

②罗裙：见南朝梁江淹《别赋》：“攀桃李兮不忍别，送爱子兮沾罗裙。”泛指女孩衣裙，文中指荷叶。

③樵风：见唐代宋之问《游禹穴回出若邪》诗：“归舟何虑晚，日暮使樵风。”指顺风、好风。

丙申秋游首都北京五题

天安门升旗

紫金华表凝眸处，仪仗旗兵正列时。
一唱雄鸡嘹九牧，天光破晓遍彤曦。

北海公园

御苑流年已晚秋，鎏金日月尽风流。
巍峨白塔王风洗，覆水难收万古愁。

故宫博物院

金銮圣殿几乾坤，喋血纷争遁入尘。
皇史三千皆旧事，谈今论古任风云。

颐和园

燕山一下至名园，不尽沧桑入眼烟。
锦阁湖光连画舫，清廊柳影接岚轩。
昆明水击三江韵，万寿山扬百鸟喧。
最喜今秋风爽好，俗尘随落欲成仙。

天坛公园

自古先皇重祭天，祈风祷雨佑丰年。
金狮丹陛犹神降，回壁禅音不绝弦。

乙未秋溧阳谒姜子牙雕像

西周吕氏一宗师，儒道兵戎皆熟知。
全智神能居鼻祖，仙风板荡太公祠。

闲逛厦门市公园系列题记

万石山植物园

一

鹭岛仙葩独一枝，百花齐放竞春时。
人生若得闲情致，何处寻来不是诗。

二

谁人能喜一招鲜，我却痴迷万石山。
别管朝朝和暮暮，悠悠逛逛总开颜。

中山公园

一

日暮中山园沸腾，盈眸叠翠映湖澄。
鹭鸶一纵随风去，犹听云间韵几层。

二

若问芳园何处好，今朝我得诗心妙。
巡池几度兴犹浓，阅尽风骚还潦草。

厦门中山公园

第五部　漱玉雅韵篇

雅和2016万人诗

我有一壶酒，期期慰世尘。
堂前盈月色，树下满花茵。
虽说桑榆好，莫辞阡陌嗔。
奈何梅岭里，满眼惜红人。

闲　趣

一

弦月出新芽，灯辉百姓家。
骄骄南风女，暗拨小琵琶。

二

日渐下黄昏，椰风荡无痕。
亭桥皆静默，人去尚余温。

三

得闲今步趋，万事了心无。
陡近娇娃觉，书香醉逸夫。

佛顶寺聆琴

一

佛顶鸟飞绝，弦音惊静雪。
由来一素心，诸事皆空灭。

二

聆音金顶寺，负手立琴前。
今又春风里，悠悠昨日弦。

海边小憩

阳逐浮云洗碧空，葳蕤樟树现葱笼。
彤棉妖艳千般俏，靓女娉婷百媚红。
烹食孜然飘故里，端斟茶意漾南风。
人生在世何为贵？难得逍遥半日中。

咏　荷

玉柳移池紫燕癫，凌波仙子弄清泉。
风倾碧浪金莲舞，不觉莺歌已入弦。

咏　桂

金秋尽享清风爽，黄蕊满枝鸾叠浪。
欲与嫦娥一醉时，吴刚奉上新佳酿。

咏　兰

幽兰生岫壑，空谷漾翾风。
傍水纤云没，依崖野草融。
银霜修简佩，玉露点玲珑。
蝶戏芳归远，悠游鹤梦中。

咏　竹

幽篁吐节箕，翠晔逐华姿。
一任清风婉，斑鸠也咏诗。

荷　池

一

菡萏[1]败残时，蜻蜓一纵枝。
随风池弄影，此景入吾诗。

二

都说泮池清，嫣红点翠晶。
举觞徐已醉，何处雨蛙鸣？

【注释】

①菡萏（hàn dàn）：荷花的别称。

奇　石

浑然天作实堪奇，鬼斧神工绝妙棋。
大圣当年临宝殿，未妨屐折醉瑶池。

清　晨

鸟唱林山近，蝉鸣荡远尘。
蓦然窗外白，惊醒梦中人。

夏　蝉

旭逐清音远，风行倏几时。
栖迁皆有韵，随意溢华辞[1]。

【注释】

①华辞：见南朝梁刘勰《文心雕龙·哀吊》："夫吊虽古义，而华辞未造；华过韵缓，则化而为赋。"指华丽的文辞。

蜗　牛

南窗雨过沥晶莹，滴翠流岚[1]画境生。
最喜蜗牛酥体舞，眉来眼去几多情。

【注释】

①流岚：岚，山间的雾气。指山间流动的雾气。

猫　趣

一

鼓浪拍琴房，栖霞染凤凰。
青梅凌虎殿，悄卧硕猫王。

二

悠闲聆鼓浪，慵懒享辰光。
捉鼠还时早，何妨醉夕阳。

三

鸣蜩晴正好，檐下嗅花香。
锦尾随风摆，悠然钓谢娘。

看图即感

其一

竹幽翰院深，林静落花霖。
拾踵惊山鸟，近来鸣妙音。

其二

又复栖霞染赫天[1]，彩彤夕鹤共缠绵。
指间捻却流沙去，一缕光阴化袅烟。

其三

夜色阑珊荡客舟，秦淮百媚眼中收。
孤帆篷影随波去，两岸灯光照水流。

其四

小蓬陌上破幽黄，兀自栖来玉面郎。
抖落尘埃心淡定，谦谦君子恋曦光。

其五

夕阳西下洒金晖，浅立区街柳下闱。

犹喜枝头黄锦鹊，渐行渐远啭啼[2]微。

【注释】

①赫（hè）天：指红色的天空。

②啭啼：鸟叫，婉转动听地鸣叫。

题刘淑琴老师壶口瀑布图

仞壁如林镇玉盘，虎狮长啸奏千弹。
飞涛舞袂推乾首[1]，敢撼星河戏大观。

【注释】

①乾首：指天的高处。

题颜之江老师旭日东升图

青松叠古川，旭日逐云烟。
遒嶂[1]层林染，龙涎荡大千。

【注释】

①遒嶂：遒，指雄健有力，形容迫近之感；嶂，表示像屏风一般的山峰。指巍峨的高山。

题孟庆柱老师牡丹图

天香竞卉殊，国色傲绯图。
彩蝶闲飞蕊，百花叹了无。

杨柳枝

岁至金秋已校迟，暗怡飞絮错佳期。
初心早许城池外，空折灞桥杨柳枝。

浣溪沙·桃花

绮丽春光惹髻鬟①，桃枝叠翠遍溪湾。蝶飞蜂绕戏其间。　俏景夭夭②何逐远，蕊嫣瓣雪灼斑斑。红腮一笑漾清颜。

【注释】

①髻鬟（jì　huán）：古代汉族女子的环形发髻，代指美女。

②夭夭：见《诗经·周南·桃夭》：“桃之夭夭，灼灼其华。”形容绚丽茂盛的样子。

水龙吟·木棉花

东风恣意红黄，满城尽是形云烈。重葩叠萼[1]，花团锦簇，铅华犹雪。弄影骚姿，超凡飘逸，卓然高洁。对楼阑亭榭，黄鹂结伴，百媚笑，骄魂热。　最恨雨来天裂，任零落、黯然离别。蕾皴玉皱，脂浮瓣碎，酡颜喋血。惟自唏嘘，朝花夕拾，英雄倾折。正烟花四月，春宵尚早，那堪情绝？

广州先烈中路

【注释】

①萼（è）：本义花朵盛开，特指花瓣下部的一圈叶状绿色小片。

凤凰花

仲夏飞来火凤凰，青红相间炫南乡。
子衿淑女情何极，一吻芳华九宇光。

好女儿·思春

又是春迟，细柳飘垂。任南来北往秋鸿竞，恨朝花夕拾，海潮涨远，极目穷陲。

心事寥然谁问？雪残晓、断桥词。欲芳菲，一品犹怜惜，恰桃花舞媚，樱唇熟绽，梅子黄时。

江城子·惜春

花红柳绿遍平畴，眺芳洲，醉仙楼。煦暖春风，缱绻绕妍柔。蜂舞蝶翩花正艳，寻意惬，曲悠悠。　　鸳鸯戏水画中游，碧波淼，竞鸾舟。怎奈醒来，人去筵欢休。笑面桃花霞袖瘦，徒黯默，泪长流。

醉花阴·叹春

一抹残红随风袅，只叹春光少。谁抚古琴弦，芦曲幽悠，池畔云烟渺。 奈何恋恋情难了，但醉开怀笑。此去日深深，不觉流年，倏地清颜老。

彩鸾归令·一江春水

斜照西楼，昨夜繁花付水流。岁华急逝莫回眸，复何求。 一枝新柳跳青岫，惹得春风舞不休。碧波仙子荡烟舟，燕啾啾。

金盏倒垂莲·踏青

杨柳依依，看烟波渺渺，镜水微漪。春燕徕徊，漫自啄新泥。恰正是，清风和畅，宝鞍轻简随驰。更喜好雨，聆弦直达心扉。

人生还须得意，寄闲情逸致，莫过乡夷。

卧枕溪云，无处不诗思。恁记得，油桐花下，美娇娥舞千姿。醉里一笑，几时拥个她谁？

南乡子·醉夕

暮色下斜阳，一袭绣縠[①] 泛滟光。如贯巨鲸和过客，徜徉。将欲银钩却未央。　　蓬岛晚花芳，隔岸霓虹上锦妆。悉数驿尘多少事，沧浪。且莫英雄论短长。

厦门鼓浪屿

【注释】

①縠（hú）：古称质地轻薄纤细透亮，表面起皱纹的平纹丝织物为縠。这里比喻水波纹。

第六部　时令节气篇

春 分

光景一年惟此首，贵妃似醉春花酒。
莫嫌桃李惹东风，蜂蝶塘边又戏柳。

立 春

一

晓钟九牧[1]一长鸣，万壑千林律韵声。
青鸟[2]衔枝绿春水，群芳争艳漫裁情。

二

岁时华锦又临春，枝蕊吐芽湮静尘。
不觉风来香沁鼻，莫辞花下醉芳茵。

【注释】

①九牧：见《周礼•秋官•掌交》：“九牧之维。” 郑玄注：“九牧，九州之牧。”意即九州、中国。

②青鸟：见《山海经西山经》：“又西二百二十里，曰三危之山，三青鸟居之。”青鸟象征着幸福，在西方代表快乐，还象征着对梦想与希望的追求，青鸟被誉为幸福使者。

清平乐·雨水

春梦未了，时雨今来早。飞落檐前丝媚俏，淋湿青衫正好。　　泥燕低掠云梢，柳条轻摆蛮腰。最喜溪中野鲫，逆流而上狂飙。

惊　蛰

暖风一骤镀春光，寨舍篱边蕊吐芳。
众蛰惧何雷乍响？朝晖晚夕巧花妆。

风入松·谷雨

细雨扬窗，酥风拂柳，碧水微波。蟋蟀初萌，渚芽①汲露，骢马青禾。
流连百雀啼唱，欲入耳，且行且歌。漫道岚云，流篱掠巷，醉梦南柯。

【注释】

①渚（zhǔ）芽：指初生的草芽。

立　夏

不觉春归去，东南渐日醺。
青山衔暖水，绿柳牧闲云。
莺舞溪风谷，蛙鸣竹雨汾。
谁知桥堡下，麦穗已含欣。

小满五题

菩萨蛮·小满

暖风习习天来早，塘边畦埂蛙鸣噪。雷雨送清凉，麦禾日渐长。　　宝蚕丝泛雪，燕语莺啼彻。节令正耕时，瑞年又好期。

插 秧

清河时至杏花香，谷物初盈籽满浆。
泥燕翻飞迎喜雨，但看蓑笠种禾忙。

食苦菜

沃地天香寻卉草，历风经雨炼霆曦。
久甘油腻撩心火，此味尝来正适宜。

祭 蚕

男耕女织农家事，脱茧缫丝绣锦衣。
最是娇柔一天物，招来乡野把神祈。

祭车神

都缘村寨得时雍①，唤雨呼风驻水龙。
鱼肉烛香今奉上，惟期渠灌更淙淙。

【注释】

①时雍：见《晋书·张协传》：“六合时雍，巍巍荡荡。”指时世太平。

芒种二题

芒　种

梅黄时节雨霖纷，三畹[1]九溪春水欣。

伯鸟[2]喜鸣芒种事，一畦[3]麦穗正般般[4]。

【注释】

①畹（wǎn）：畹，田地的计量单位。

②伯鸟：指在芒种时节鸣叫的鸟。

③畦（qí）：畦，田地的计量单位。

④般般：指茂盛。

江城子·芒种

圖峰山下雨茫茫，季风凉，燕低翔。雷电初平，雾霁透霞光。放眼九塍[1]金穗耀，犹鸾凤，跃楣梁。　瓜藤架上果儿镶，野螳螂，蛰龟藏。经寨过村，短笛遍桑秧。欲觅蓑衣终湿袂，尝青草，醉南乡。

【注释】

①塍（chéng）：指田间的土埂、小堤。

端午六题

端　午

染柳熏风又五阳，撷来箬叶[1]粽儿香，
阿娇锦袂游香佩，冠玉[2]蓬居[3]举酒觞。
艾挂楣梁[4]驱恶鬼，舟飞碧水遏魔殇。
汨罗浪急涛飞逝，一阙离骚忆栋梁。

【注释】

①箬叶：学名一叶兰，常作为包裹粽子的粽叶。

②冠玉：古冠玉饰之一种，用玉制作，饰于冠帽之上，故名。文中比喻男子。

③蓬居：见南宋谢灵运《拟魏太子“邺中集”诗•徐干》：“华屋非蓬居，时髦岂余匹。”指用蓬草盖的住所，泛指简陋房屋。

④楣梁：见宋代康与之《昨梦录》：“李入门，无人问焉，见灯数炬，不置之楣梁间，而置之柱础。”指房屋的次梁。

食粽子

一粽青衣箬叶长，绿裙褪去裸娇娘。
润濡柔滑凝脂浴，轻啖樱桃齿溢香。

佩香囊

一只小香囊，玲珑纳锦装。
都缘如意佩，邪瘴扫光光。

赛龙舟

龙舟竞渡几沉沦，斩浪披波尽湿身。
屈子鸿猷[①]得心力，摘金沅水[②]不逡巡。

【注释】

①鸿猷（yóu）：见南宋谢庄《求贤表》：“臣生属亨路，身渐鸿猷。”指鸿业、大业。

②沅（yuán）水：指沅江，今位于长江流域洞庭湖支流。

悬钟馗像

戏言阴世暗无光，小鬼狰狞舞獗猖。
青面獠牙君莫惧，灵符驱挞佑安康。

饮雄黄酒

夏至骄阳催病殃，无名毒火害人伤。
凭高倚醉雄黄酒，枉自妖魔遁影藏。

定西番·小暑

赤日烈光如雪，潜蟋蟀，闹蝉鸣，任萧笙。　青槿暗香心喜，泛舟荷露倾。笛曲一声愁绝，岁峥嵘。

减字木兰花·立秋

梧桐敛影，翠减红衰斜照隐。蝉噪难收，倏几台风又逼遒。　闲来食豆，七粒酡红沽美酒。雨骤茶涓，居雅听幽心似莲。

水调歌头·中秋

流岁过云走，今日又中秋。一行鸿雁，频频望断镇江楼。千里悠扬塞角，低唱阳关燕阙，谁解故乡愁。凭栏眺星汉，明月照江流。　　倏风起，心惊悸，几时休？今生此世，阅尽多少苦和忧。笔墨箫琴词赋，难遣情悭事怨，无语上心头。最是“莫兰蒂”[①]，雨碎鹭芳洲。

【注释】

①莫兰蒂：2016年肆虐厦门的一次特大台风。

寒　露

秋风萧瑟叶枯黄，寒露临时满地霜。
墟里[1]孤烟摇直上，谁人晓雁也微凉？

【注释】

①墟里：晋代陶渊明《归园田居》：“暧暧远人村，依依墟里烟。”唐代王维《辋川闲居赠裴秀才迪》诗：“渡头余落日，墟里上孤烟。”指村落。

山花子·霜降

凄冽秋池落叶残，浮萍零乱泪斑斑。恍若韶光[1]已疏僻[2]，不堪看。　田埂风吹虫蛰伏[3]，霜花浸润玉笙寒。犹忆橙黄和橘绿，望岚山。

【注释】

①韶光：见南朝梁简文帝《与慧琰法师书》：“五翳消空，韶光表节。”指美好的时光。

②疏僻：亦作“踈僻”。犹疏忽、荒废。

③蛰伏：动物冬眠。

小　雪

古道漫琼花，寒梅吐嫩芽。

汲泉烹酿糯，惯品小胡茄。

大　雪

辜月天公舞玉龙，披簪戴珥九霄重。

青鸾早得娘娘遣，伴我寻梅雅意浓。

好事近·除夕

燕雀踏琼枝，喜看神州新绿。楹帖桃符易了，莫误申猴嘱。　春风送爽雪初融，煮酒伴红烛。今夜万家灯火，共舞团圆曲。

第七部　七彩生活篇

品　茗

一

把盏尝闲暇，居幽心简赦。
拈来一抹红，绝色甲天下。

二

寐醒得闲来，禅心了无猜。
烹茗悠自酌，端为洗尘埃。

三

几梦东篱下，随风逐野花。
斜曛犹觉好，乐逸品仙茶。

体锻三题

爬　山

（中华新韵）

京都四少逛香山，遥看香炉挂仞盘。
尤悦红枫胜如火，踏云凌岫赛神仙。

骑　行

健体勿闲身，吾崇骑骥[1]人。
链条驱日月，轱辘转秋春。
但得携壶水，安然荡世尘。
驰行三万里，何处不津津。

【注释】

①骑骥：见《南史·徐勉传》：“此所谓人中骐骥，必能致千里。”比喻才能出众的青少年。

打　球

须臾难得闲，劳顿恐情悭。
且此约朋几，挥飞汗雨间。

理　疗

经络一张图，五行相克殊。
灸针疏火脉，罐拔走濡途。
熏草汤中沸，流香体表趋。
今犹思扁鹊，祛病了心无。

陪吾儿访上海音乐学院

绿林阡陌遍朝阳，音苑光华韵隽长。
琴瑟共鸣流玉玺，中西合璧泛金光。
蔡公栽下参天树，学子撷来红果香。
今日吾儿来拜谒，他朝志得也登场。

示　儿

一

由来求学路途艰，不闯成名岂说还。
唯有弥坚鸿鹄志，方能泛棹涉难关。

二

熠熠双星[1]耀九州，集贤聚雅显鸿猷。
他朝黉殿摘花魁，应幸躬亲觐学酋[2]。

【注释】

①双星：这里特指北京大学和清华大学。

②学酋：这里指中国的最高学府。

外甥女榜中厦门工学院

清新妍靓有端详，弹指高黉摘海棠。
不畏霾云遮慧眼，此番逐日慨而慷。

光棍节

一

寒鸦凄切月星稀，冬复春秋把梦祈。
缱绻痴人安苟且？惟期执手鹊桥依。

二

劫此狂欢购物忙，京东淘宝百花昌。
都云剁手[1]谁人信？网际银花分外香。

【注释】

①剁手：每年的11月11日，又名“剁手节”。

戏说开会

会海文山似泼猴，耍枪弄棒惹闲愁。
如来佛祖安相告，大话西游可杀头？

花好月圆系列二题

夜　饮

夜魅惹人迷，金山酒窖栖。

樽前邀皓月，醉卧远峰低。

如梦令·夜宴

今夜风情依旧，正好聚欢饮酒。恁说一书生，却傍娇娥左右。　可否，可否，安得暗香消受。

文学赏析系列二题

读蔡元培《中国伦理学史》

点石为金辟径殊，道儒法墨铸丹炉。
黄精枸杞[1]俱应备，佳酿醉来不易苏。

【注释】

①黄精枸杞：黄精和枸杞都是补品，这里代指精神营养。

读《周作人散文集》

燕儿闲适啄春泥，青果回甘恰硕脐。
一草一花泛容与[1]，不言桃李自成蹊[2]。

【注释】

①容与：见《楚辞·九歌·湘夫人》：“时不可兮骤得，聊逍遥兮容与。”形容安闲自得。

②桃李自成蹊：谚曰“桃李不言，下自成蹊”。桃树李树有芬芳的花朵、甜美的果实，虽然不会说话，但仍然能吸引许多人到树下赏花尝果，以至于树下走出一条小路出来。

视听赏析系列四题

观影《露水红颜》

玉露轻沾唇火烈，梅花三弄红颜啜。
直须尝尽苦寒时，始舞春风销梦别。

观《七尺》大型情景剧

阎鬼狰狞究可哀，轩辕七尺惮何来！
赤魂碧血心儿熠，碎骨焚身换旧台。

观《五行》情景音乐会

五行相克又相生，琴瑟筝弦九颢鸣。
小宛香君犹再现，易经玄学任賁盈。

梧桐雨•战火中的芭蕾

恨无期，愁无限，零落桦叶云丽。沐秋风怀表如磐、昨日欢、今不见。　　怎那堪热血魂飞散，任婆娑别泪潸然。听箫凭阑，红裙起舞，夕照岚山。

蓦山溪·一品好面

魏源汤饼[1]，晋起名声响。假以好时光，弄璋喜[2]、祝辞颐养。京畿乡野，炒焖烩捞煎。水乡坊，石头巷，总得福星[3]奖。

细如春柳，流练乾坤朗。款款弄纤云，似疑有、素娥[4]来赏。布衣锦缎，柴米酱油汤。人间事，白云间，一任肝肠爽。

【注释】

①汤饼：见王先谦《释名疏证补》：“索饼疑即水引饼，今江淮间谓之切面。”最初指面片汤，代指面条。

②璋喜：弄璋之喜的缩写。古人把璋给男孩玩，希望他将来有玉一样的品德。旧时常用以祝贺人家生男孩。

③福星：食神的又一别称。

④素娥：嫦娥的别称。代指美女。

浣溪沙·吾儿主持音乐会

但见嘉禾[1]绿意长，杨琴阵阵叩闲窗，凤凰白鹭影儿双。　　正忆今春央视梦，又来笙笛染诗香。廉颇醉了这时光。

【注释】

①嘉禾：厦门的别称。

采桑子·吾儿偶感风寒

吾儿黉序操丝管[1]，去也匆忙，来也匆忙，今日相逢却着凉。　　高烧肆虐身无力，饭也难香，茶也难香，病在儿身爸断肠。

【注释】

①丝管：见北魏杨炫之《洛阳伽蓝记·高阳王寺》：“入则歌姬舞女，击竹吹笙，丝管迭奏，连宵尽日。”指乐器。

行香子·感冒

瞑色妖妖，冷气萧萧。浸霜寒、枯草飘

飘。香樟槭槭[①]，残柳摇摇。望雨冥冥[②]，山瑟瑟，雾潮潮。 火风燎燎，躯身厌厌[③]。不堪言、眉宇憔憔。味儿寂寂，百趣寥寥。但心期期，霉去去，病消消。

【注释】

①槭槭（qì qì）：见唐代杨炯《唐同州长史宇文公神道碑》："漠漠古墓，郭门之路；槭槭寒桐，平林之东。"象声词，意指风吹叶动声。

②冥冥：犹幽暗深远貌。

③厌厌：见唐代韩偓《春尽曰》："把酒送春惆怅在，年年三月病厌厌。"表示身体虚弱。

第八部　情满人间篇

雁南飞

转身满目泪花枝，情到至深能几时？

不见如今闽北上，那堪大雁累年嘶。

捣练子·情侣鹅的故事

一

荒野外，短山冈，黄土斜阳入眼凉。

引颈那堪生死别，骇天一吻泪千行。

二

阴府路，曲飞殇，喋血痴情感上苍。

今日销魂俱是梦，重逢执手莫愁肠。

2016年网红情侣鹅图片

相思引·青岛之夜

悠逸岚风漾气涔[1]，海鸥如贯纵波吟。婆娑灯影，洒落岛中浔。　　犹忆书斋三味事，更聆天一格裳音。倾樽暗喜，正好夜含歆[2]。

【注释】

①涔：多雨的。这里指空气中湿度较大。

②歆：指喜爱、羡慕的意思。

送别亲人

一

东方初破晓，唧唧鸣青鸟。
多少绪飘飞，魂皆牵鹭岛。

二

江南谷种忙，爹惦返家乡。
临别轻轻语，鹭鸶情也长。

乙未秋宁鹭旅途系列二题

游子吟

游子梦魂倾，年年望润城。
挥毫曾激奋，执剑绝前行。
成败休提贝，悲欢莫道情。
鲲鹏平地起，耳畔爹娘声。

长相思

泪眼望南乡，亲人水一方。
柳枝尽蒙垢，枫叶已凝霜。
铁甲叠千影，红樱振万长。
依然魂梦绕，赤兔立身旁。

忆泰州访友

香山枫叶飘梅岭，深巷熙熙聚万家。
更喜宾朋来作伴，笑声唤落满天霞。

兄弟情深

夜雨滂沱怎夜浓，秋深几度更秋风。
雪寒难得炭中火，经世更谙真弟兄。

诉衷情·思乡

曦语，霓雾，春正舞，急车驰。云作枕，霞锦，露凝姿。　柳拂燕低飞，迟迟。江南几度依，梦魂追。

赠国际战略专家俞邃老师

都说江南藏文胆，三朝老骥最臣良。
全球经纬谋神略，华夏襟胸著锦章[1]。
心系河山义怀重，魂牵社稷炽魂扬。
前瞻洞察尤深邃，无愧国家一栋梁。

【注释】

①锦章：犹华章。

贺谭南周老师七十寿辰

桂子飘香一派秋，瑶潭月下荡烟舟。
瑰儒[①]闲约骚雅事，古韵时牵吴越楼。
名利千钧视尘土，诗词万贯竞风流。
今赊鹭岛三杯酒，高唱低吟泛玉瓯[②]。

【注释】

①瑰儒：见晋代郭璞《〈山海经〉叙》：“谯周之徒，足为通识瑰儒。” 指渊博的学者。

②玉瓯：指精美的杯盂一类的盛器。

赠收藏家蔡春色老师

早知鹭岛有枭龙，盛世收藏百事通。
驭浪揽云心志远，笔行千卷更从容。

赠剪纸艺术家洪志标老师

中华一绝世尊崇，鹭岛惊藏老玉骢。
笑意乾坤和日月，凭山赏水剪春风。

赠画家许元英老师

策鞭扬雪傲青松，岭上寒梅分外红。
写意丹青含雅韵，凝香斋里话春风。

战友离别系列七题

生查子•北京同学会

阔别二十载，战曲犹萦在。袍泽[1]聚京城，羁思[2]青葱队。　　赤兔[3]跋蜀山，羌笛鸣金寨。且惜举樽时，莫揉心儿碎。

【注释】

①袍泽：见《诗经•秦风•无衣》：“岂曰无衣，与子同袍。……岂曰无衣，与子同泽。”“袍”与“泽”都是古代衣服的名称，代指军中同事、战友。

②羁思：亦作羇思。见唐代贾岛《送友人游蜀》：“欲暮多羇思，因高莫远看。”指羁旅之思。

③赤兔：亦作“赤菟”。见《后汉书•吕布传》：“布常御良马，号曰赤菟，能驰城飞堑。”传为汗血宝马，泛指骏马、良马。

生查子·离别

春寒尚暖无，冷雨邀丕酒[1]。戍客倚同窗，才饮金樽瘦。　　战马耳畔嘶，羌笛随风骤。记得别离时，勿湿青衫袖。

【注释】

①丕（pī）酒：见《元典章·户部·酒课》：“葡萄酒浆虽以酒为名，其实不用米曲，难同酝造丕酒一体办课。”指厚酒、醇酒。

元曲·临别

蓦然回，秋风瞥；屈指处，经年歇。从初见到枫红节，凝眸多是落英烈。遥知离别相思劫，却奈何分散离别。

捣练子·惜别

今对酒，泛离愁。怎奈韶华逝水流。

莫问相逢何处是，驼铃无怨也无尤。

相见欢·酒酣

今宵黉事无忧，桂樽游。一品琼浆饮罄、忆徽州。　善源里，皆手足，莫言休。悉数衷情厚意、醉时讴。

鹊桥仙·眷别

光阴荏苒，时空变幻。不觉清秋已晚。萧萧夜雨伴衾凉，怅寥落、茫茫星汉。　慨叹经路，半山梦短，念念肝肠寸断。枫零燮燮寄西轩，任眷恋、百回千转。

南京中山公园

西江月·回眸

林荫绿波已皱，晚霞染彻城头。韶华流逝水难收，慨叹今宵别后。　忆谋篇华夏，也曾经纬全球。蓦然回首泪凝眸，又把衣襟湿透。

鹧鸪天·遥寄同窗情

——贺大路中学同学会30年庆

舞象[1]辞家笔远投，从戎励志练春秋。蓦然回首鬓斑白，谁解思乡万古愁。

临曲顶[2]，眺江舟，悠悠往事又浮眸。重逢莫惹青衫湿，且向桃蹊泛玉瓯。

【注释】

①舞象：见《礼记·内侧》：“成童，舞象，学射御。”指古代男子15岁至20岁时期的称谓，是成童的代名词。

②曲顶：圌山又名曲山。

情殇系列四题

相见欢·离愁

今宵雨碎西楼，泪盈眸。往事浮沉起落、上心头。　剪情绝，撕心裂，是离愁。此恨无关风月、爱蒙羞。

泣　别

肃杀凉秋彻骨寒，杜鹃泣血蝶翩跹。
凝眸含泪千回转，惟各天涯寝梦牵。

相见欢·缘浅

耿怀往事情悭，怅嗟叹。暮雨狂风席卷、百花残。　天涯远，海角浅，梦依难。谁纵素琴弦断、泪潸然。

新词·别情

又日春，雨初歇，薄巷桐荫已影绝。茶

靡花事断难觅。　　情也真，思也切，鸣笛一声人去也，天涯何处寻枝叶。

珠卷帘·夜思

珠帘卷，渐灯深，氤曛涤去春痕。独步人行街上，红尘愁几分？　　寒露寂寥风倦，闲情落寞销魂。多少词曲歌赋，尝不尽，一人心。

乙未秋谏中同学小聚

一

今又乡园觅信音，八方翘楚聚难寻。
举觞一笑相思苦，最美依然指日今。

二

转身夜月照无言，此去征尘染酒痕。
天各一方安执念？人生何处不销魂。

赠师妹张媛

（中华新韵）

紫霞云映半山园，卧虎藏龙出凤媛。
胸抱泱泱塑魂梦，一腔碧血效深蓝。

仗剑天涯

英雄仗剑闯天涯，极地飘零赫烜花。
勒马俯探暗香染，那堪一吻逝芳华！

第九部　感事抒怀篇

金陵怀古

六朝建业梦魂殇，秋晚钟山遍地黄。
玄武湖怀家国恨，秦淮水漾卞陈[1]香。
千年史脉皆含蕴，万种风情总断肠。
戎马长嘶朔风烈，凭阑北望泪凝霜。

【注释】

①卞陈：指明末清初时期秦淮著名歌妓卞玉京与陈圆圆，泛指“金陵八艳”。

乙未秋登南京中华门城墙感作

沧海横流逐浪开，山衔紫夕作葭来。
天连吴楚风云合，水涨秦淮日夜徊。
冷月边关悬铠甲，石城烽火照亭台。
由来华夏多豪杰，他日莫愁降钺才[1]。

【注释】

①钺（yuè）才：钺，古代的一种兵器，象征征伐。代指能征善战的将帅之才。

蓦山溪·游圆明园遗址

秋风萧瑟，策马京郊处。四顾寂然人，忍凝望、寒鸦遍土。残荷断壁，满目故园愁；清漪渚[1]，永祜渡[2]，摇曳垂杨树。

先皇御景，怎奈随风去。烟火已飘零，泣昨日、外夷[3]强杵。笙箫骤起，忽闻的卢鸣；复兴路，铸心初，圆梦当思苦。

圆明园遗址

【注释】

①清漪渚：圆明园景点之一。

②永祜渡：圆明园景点之一。

③外夷：指进犯京城的八国联军。

丙申秋登北京八达岭长城感作

洌雨微寒碛[1]泛霜，秋风销蚀古城墙。

笛箫徊宇飘悠远，将士捐躯葬异乡。

铳[2]铁当须瞄敌寇，箭弓只为射胡狼。

强军备战惟征进，且莫沽名学始皇。

【注释】

①碛（qì）：出自西周《三苍》：“吴越谓之濑，中国谓之碛。”指沙石。

②铳：又称“火筒”，是中国最早的金属射击火器，属于火门枪。

乙未春登福清石竹山感作

拾级宝龙上，云峰揽尽天。

鲤鱼云雾吐，翠竹叶枝翩。

坐听潺潺水，抬望淡淡烟。

人生何妄自，梦境洗心禅。

榕鹭两地行感作

一

青峰穹顶下，碧野漫连横。
旭日盈千里，浮云荡万坪。
榕城犹觉暖，鹭岛也含情。
吾自凌风去，殷殷铁轨鸣。

二

五岭逶迤梳八闽，百塍万壑贵千钧。
牛羊自在溪边里，一任闲云漫野屯。

三

攀崖过涧铁麒麟[①]，两侧青山几度巡。
任尔清风惹烟柳，悠然难得校书人[②]。

【注释】

①铁麒麟：代指动车。

②校书人：典出唐代才女薛涛，古指担任烦琐的公文事务的人。这里代指作者本人。

乙未秋游南京琵琶湖感作

夕阳无限好，晚鹭随风袅。
秋菊绽馨香，红枫拂媚俏。
江天溪水澜，古堡城池窕。
毗倚紫霞湖，青山何敢老？

夜　雨

一

影只孤黄浅露寒，凭阑直欲梦婵娟。
恍然昨日添丝雪，又入萧萧夜雨天。

二

天路迢迢梦更深，轻寒漠漠慑人心。
怅然花鹿又回首，无赖穷秋[1]碎雨吟？

【注释】

①穷秋：见南朝宋鲍照《代白纻曲》：“穷秋九月荷叶黄，北风驱雁天雨霜。”唐韩愈《鸣雁》诗：“嗷嗷鸣雁鸣且飞，穷秋南去春北归。”指深秋，农历九月。

秋思系列二题

望　乡

菊月金陵日未光，秋风乍起落枫黄。
青山昨别今还见，谁悯貔貅睇故乡？

望　月

夜浸金陵亭槛白，微霜簟冽[1]觉初寒。
举樽望月痴心枉，沧海横流泪怆弹。

【注释】

①簟（diàn）冽：簟，竹席。冽，寒冷。指竹席很凉。

随 笔

一

花无百日红，影像隔时空。
纵岁催人老，情犹追忆中。

二

絮散流莺去，晚秋悲夜长。
青花贪玉露，黄叶恋曦光。
才却凄凄事，还逢瑟瑟霜。
谁弹魂断曲？嗟叹物无常。

三

昨日黄花已入泥，秋风又起绿篱凄。
劝君安世唯征进，莫到斜曛叹暮兮。

乙未秋游桂林世外桃源感作

梦回几度武陵寻，今昔搁书才莅临。
行乐且须趁时早，莫叹逝水似流金。

新词·乙未冬过贵阳北站

一抹夕阳斜站角。阳角相向，乍觅枝头鸟。　　急逝飞梭空织老，何时春暖赏花俏。又恐我劳顿多，闲适少。

卜算子·临别黔北

轻叹霭雾稠，雨后丝霜皱。辗转湘黔款款游，料峭凝青袖。　　自得赏新春，谁顾梅枝瘦。何必韶华恰少年，蕙草知时候。

苏幕遮·金陵夜思

夜沉沉，风瑟瑟。篱草[1]凄凄，黄叶飘郊驿。薄暮江云舟绝迹。溪鸟低飞，孤旅无眠恻。　　眺城墙，愁倦客。泪眼朦胧，销黯[2]千山隔。欲着丹青描锦画。捻笔案头，满目相思色。

【注释】

①篱草：指野草。

②销黯：见《昭明文选》卷十六：“黯然销魂者，唯别而已矣!况秦吴兮绝国，复燕宋兮千里。”犹黯然销魂。

行香子·春

岁月如巡，不觉春茵。蓦回眸、锦落纷陈。花期如是，更说凡身？叹草中珠，水中月，宴中珍。　　何妨赋雅，诗书常乐。尚津津、持份纯真。几时解甲，恣意山巾。对一壶茶，一支笔，一堂春。

桂林“世外桃源”景区

第十部　友情题赠篇

俞 邃　　中国著名国际政治学者、中国外交与国际战略问题研究专家，国际自然和社会科学院院士，俄罗斯科学院远东研究所荣誉博士，中共中央对外联络部调研咨询小组主要成员、高级研究员，中俄、俄中友协最高荣誉纪念奖章获得者。

贺赵海荣《心海潮涌》诗集出版

情深志宏，袒露心胸。
文采飞扬，意境凝重。
一线卫国，诗人从戎。
爱党爱军，跃然笔锋。
勤于耕耘，成果甚丰。
百尺竿头，祝愿海荣。

胡志毅　　中华诗词学会会员，甘肃省楹联家学会副会长，解放军红叶诗社社员，《边塞诗刊》《甘肃诗词》主编，军旅诗词创作研究员。

读海荣《心海潮涌》感记两首

一

心潮何故涌？大海不消停。
身系风云事，心牵家国情。
诗花扑面舞，大韵绕梁听。
掩卷思良久，腔中热血腾。

二

骚坛多盛事，又见一花开。
韵自天边起，声从海上来。
浓情弥古卷，美境漫琼台。
笔笔梅花落，思君叹雅才。

谭南周　　中华诗词学会理事，福建省诗词学会副会长，厦门市诗词学会会长。

读海荣《心海潮涌》

吴钩带处意蓬蓬，时有歌吟九牧中。
北望丛山乡梦远，南观沧海角声雄。
烟霞身卧留佳咏，家国情牵唱大风。
刊载网传三册满，问他军旅几人同。

郭传良　　中国楹联学会会员，江苏省诗词协会会员，江苏省楹联研究会会员，南京市楹联协会会员。

读海荣兄《心海潮涌》诗集感赋

跃马关山路递迢，大风每唱欲凌霄。
心追国梦舒文胆，气壮军威怒海潮。
步韵诗才惊虎变，开襟抗志赴云飙。
剪窗又忆金陵会，朗抱高情酒一瓢。

魏艳鸣　　中华诗词学会会员，中国楹联学会会员，《江苏楹联》副主编，中国对联创作奖、《对联中国》年度最佳作品奖、“第二届中国百诗百联大赛”优秀奖、“第二届巾帼杯”江苏十佳女诗人获得者。

贺赵海荣先生《心海潮涌》出版

缕缕书香习习风，情丝系在柳营中。
诗文千首观沧海，箫剑一囊驰玉骢。

愿秉初心呼大雅，任舒浩气贯长虹。
春声又作潮声涌，饱蘸烟涛染碧空。

练 欢　　中华诗词学会会员，福建省诗词学会理事，厦门市诗词学会副会长。

读海荣兄《心海潮涌》诗集出版

戎马征衣唱九州，扬眉说剑也风流。
吟囊又得新诗册，如见豪情北固楼。

张远谋　　中华诗词学会会员，国家一级美术师，中国国画家协会常务理事，中国少数民族美术促进会会员，中国民族画院特邀画家。

卜算子·贺海荣先生《心海潮涌》出版

心海涌如潮，只为激扬故。哦咏军营多壮怀，频把深情诉。最是可爱人，重任身肩负。一曲嘹歌掠万波，彻响云天路。

郑福友　　中华诗词学会会员，中国楹联学会会员，浙江省温岭市诗词学会会员，中国萧军研究会全国诗词大奖赛金奖获得者。

读赵海荣《心海潮涌》畅怀

心曲欢歌咏宋唐，海垠潮涌立帆樯。
诗林若是仙家所，风谷莫非骚客乡。
气宇轩然点毫墨，壮怀鸿志向骄阳。
山川雄笔行天马，河脉涟漪水韵彰。

贺海荣《心海泛舟》《心海潮涌》诗集出版

心海翻腾碧水涟，泛舟震荡白鸥翩。
潮平骚客荟云阙，涌溢诗风向九天。

张秀进　　中国美术家协会会员，中国公共关系协会艺委会委员，北京市紫岫宣和画院院长，2007年亚洲新闻人物、“中华慈善艺术家”。

天仙子·贺赵海荣《心海潮涌》诗集出版

静对茂林穿翠鸟，不绝润风情意考。月儿隐去彩云归，山未老，时景早，大树当年如小草。　休把浮云轻看了，入水影儿俱玛瑙。群鱼鳍拨若腾飞，光色缈，星瀚浩，心海潮涌波波淼。

许见远　中国硬笔书法协会会员，镇江市硬笔书法家协会副主席，镇江市作家协会会员，著名军旅诗人。

贺赵海荣《心海潮涌》诗集出版

心赋仄平逾八春，诗篇千首格清新。
凝寒涧道历冰雪，皎月林丘透性真。
自信苍灵飘万点，徐观红日耀无垠。
诗人更有豪情在，风韵自成铁骨身。

唐多令·贺海荣诗集出版

心海漫芳洲，文思涌不休。构思奇，隽永深幽。佳句妙词生熠熠，琴弦润，咏春秋。

曲径拓荒陬，诗文硕果稠。璞归真，德艺双修。铁骨豪情高格远，鹭岛畔，谱风流。

孙长继　中华诗词学会会员，南京市江宁区诗词楹联学会会长，《东山诗社》社长。

贺赵海荣《心海潮涌》刊行

绚丽诗文耀眼帘，应时佳作颂尧天。

体裁多彩博今古，如日鹏程亮戍边。

刘汉文　中国民主促进会会员，中国收藏家协会会员，福建省作家协会会员，厦门市诗词学会会员，厦门市作家协会会员，厦门通俗文艺研究会文字创作委员会委员。

贺海荣兄《心海潮涌》诗集出版

赵兄久抱凌云志，戎马之余挥巨毫。
惊见射雕云暮起，柳营深处唱离骚。

孙青艾　　中华诗词创新研究会理事，河南大学中文系教授，《信陵诗刊》主编。

新词·上层楼

——贺赵海荣“心海系列”三部曲出版

军营洒热汗，心海荡轻舟，耕耘不辍歌不休。吟风雨，寻真铢 。采得珠玑无价，坝瑢唱风流。多彩人生路，峥嵘岁月稠，文武韬略谋鸿猷。显风流，上层楼。爱在心田，爱在我神州，爱在生生世世，真情写春秋。

附录一

军旅诗词品鉴与创作漫谈

赵海荣

今天我很荣幸在这里，与大家交流一下“军旅诗词的品鉴与创作问题”。大家知道，我国是一个诗的国度。在浩瀚的人类文明史长河中，风流的诗词作者灿若星光、熠熠生辉；优秀的诗词作品千秋璀璨、万古流芳。如果从《诗经》算起的话，中国诗歌发展的历史已经有3000多年了。唐诗宋词可谓中国古典文学殿堂的王冠明珠，标志着中国格律诗达到鼎盛时代。她也是我们中华民族文化遗产中最值得自豪的瑰宝。

美国著名诗人惠特曼说：“每一个民族的最高凭证，是它自己产生的诗歌。”近代著名学者梁启超《读陆放翁集》云：“诗界千年靡靡风，兵魂销尽国魂空。诗中什九从军乐，亘古男儿一放翁。”综观当今诗坛，婉约秀丽、颓靡媚俗的诗风越来越兴盛，阳刚豪放、雄浑遒劲的诗风稍显不振。对于这种“阴盛阳衰”之状况，我心有戚戚、不无忧虑。应该说，军旅诗词的勃兴，无疑给中华诗坛注入一种“精气神”。这就是“军魂”之所在！军魂，是诗魂的“脊梁”，是国魂的“柱石”。尚军魂、铸诗魂、壮国魂，以军旅生活为题材，以豪放刚健为风格，以无私奉献为特征，这是历代优秀军旅诗词作品绵延不断的传承，也是当今诗坛军旅诗人责无旁贷的历史担当。

今天在座的都是来自全军基层部队的一线文艺工作者。我一向以为，基层火热的生活是催生优秀文艺作品、培育文艺精英的沃土。我也很乐意与大家一道分享我的些许心得与感悟。我相信，在座的每个人都是有理想、有抱负、有情怀、有故事的人，大家不会只满足于“手握钢枪”，脑海里一定还有“诗和远方”。的确，读诗和写诗，可以让我们净化心灵、提升境界，思考哲理、感悟人生，可以让我们成为一个刚柔相济、性灵率真的人，成为一个骨子里有诗意的人。我想这样我们与世界、自然、内心的情感对话，也就显得丰富而充满意义了吧！

一、军旅诗词概要

军旅诗词是诗词长河的重要支流。它的起源，可以上溯到远古洪荒时期。东汉•赵晔《吴越春秋》记载的《弹歌》：“断竹，续竹，飞土，逐肉。”可以看作是军旅诗词的滥觞。《诗经》里记载的军旅诗已经初具规模，如《小雅•鹿鸣之什•出车》：“我出我车，于彼牧矣。王事多艰，维其棘矣。”此诗主要歌咏周宣王初年讨伐猃狁胜利的场景，情感细腻，语言质朴，意境中饱含情景交融之美。战国末期《楚辞》里著名爱国诗人屈原所写的《国殇》，应算是第一首典型的、完整的军旅诗。其中“身既死兮神以灵，魂魄毅兮为鬼雄”，成为千古传诵的名句。秦末西楚霸王项羽的《垓下歌》、汉太祖高皇帝刘邦的《大风歌》、曹魏政治奠基人一代枭雄曹操的《观沧海》，都是千古名篇。唐代是军旅诗的黄金时期，群星璀璨，佳作迭出，交相辉映，诞生了久负盛名的“边塞诗派”，构成了唐诗气象的生动画面。宋代的陆游、辛弃疾，到现代的毛泽东、朱德、陈毅、叶剑英等，军旅诗人、词人层出不穷，创作出大批脍炙人口的作品，支撑着诗坛的一角江山。正如当代军旅诗人方祖歧将军所说：“军人的特殊职业，可以激活一个人全身所有的艺术细胞。因为特殊的生活环境，特殊的使命，可以让我们看到特殊的图象，进入特殊的艺术境界。”可以这么说，军旅诗词是中华民族传统文化中不可分割的一个组成部分，已融入这个伟大民族的基因和血脉之中。谈中华民族，必谈中华传统文化；谈中华传统文化，必谈中华诗词；谈中华诗词，必谈军旅诗词。时间关系，对现、当代军旅诗词，今天我就不作阐述。

说到中国古典军旅诗词，就不得不说边塞诗这一概念。边塞诗是唐代诗歌的主要题材。特别是盛唐时期，政治昌明，经济发达，军威赫赫，文化璀璨，其中描写“大漠孤烟”的景象、“金戈铁马”的生涯、“琵琶起舞”的场面、“醉卧沙场”的豪情，豪放雄浑，恢弘磅礴，成为盛唐气象的伟大标志。可以这么说，盛唐边塞军旅诗歌的勃兴，改变了唐军的知识结构和文化层次，凸显了立功边塞的军旅文化氛围，使唐军成为世界上最具文化品味和英雄意识的军队，故能所向披靡、无坚不摧。今天，我们探究古人的文化语境，对于弘扬我军先进文化具有一定的借鉴和启迪意义。

1. 边塞诗的缘起与发端。边塞即边疆地区的要塞，泛指边疆。边塞诗是以边疆地区汉族军民生活和自然风光为题材的诗。她最早起源于先秦时代，更准确说，它起源于西周。边塞诗经过先秦、两汉、魏晋六朝的长期积累与发展，隋代开始兴盛，到了唐代，人们吸取了先秦两汉边塞诗的现实主义精神、悲壮质朴的诗风和魏晋六朝长于抒情、讲究辞藻、声律等形式美，与唐代特定的时代风云相际会，厚积薄发，才产生了风骨声律极佳、文质彬彬的唐代边塞诗，并使之登上了辉煌的顶峰。

2. 边塞诗人和边塞诗派。我国很早便产生了兵制，但却在盛唐时期才形成边塞诗派，随后发展并成熟，名家辈出，名篇纷呈。这主要基于两个原因：其一，唐代“用文治军”“以文强军”理念深入军心。许多边镇主帅文武兼备，雅好诗书，堪称儒帅，他们对高素质人才更是求贤若渴。如曾任幽州都督的张说可谓一代文宗，贺知章等都受到过他的赏识和提拔。又如曾任安西副大都护的封常清，饱读诗书，多所历览。再如曾官至左散骑常侍的高适，长年戍边，戎马一生。古人评价他“读书五车，运筹百胜。”其二，盛唐尚武之风日盛，施行“入幕制度”。士子们胸怀民族大义、安边镇关的伟大理想，把携笔从戎、建立功勋当作人生的路径与抉择。比如，段晏自幼就接受通识教育、严格的写作技能训练。同时，苦练杀敌本领，正如高适云：“转战轻壮心，立谈有边计”，可谓文武兼备、忠义资身。正因为唐代拥有强大的边防和高度自信的时代风貌，催生了“功名只向马上取，真是英雄一丈夫”的文化土壤，客观上为边塞诗的兴盛提供了良好契机。在此之后，边塞诗日渐衰败，几成绝响。

说起写边塞诗，“初唐四杰”之一的骆宾王出身寒门，七岁能诗，号称“神童”。他久戍边城，辞才华胆，善长七言歌行。他写的边塞诗题材开阔、格调高亢，慷慨激昂，气吞山河。其代表作《帝京篇》为初唐罕见的长篇，当时以为绝唱。此后其他著名诗人如：杨炯、陈子昂、杜审言、陆游等人也创作边塞诗。除此之外，盛唐大诗人李白、杜甫也曾效命军营，都写过边塞诗，这些边塞诗成为他们的代表作的一部分。如李白的《关山月》、《塞下曲六首》、《战城南》、《北风行》等，杜甫的《兵车行》、《前出塞九首》、《后出塞六首》等。另外一些诗人也有边塞诗的名篇传世，如王昌龄的《出塞》、《从军行》，王之涣的《出塞》，王翰的《凉州词》。盛唐成为边塞诗创作的顶点。此后中晚唐并没有出现边塞诗的大家，但题材有所扩展。由于唐代边塞诗的创作蔚为风气，后人把高适、岑参、王昌龄、李颀、崔颢、王之涣、王翰等为代表的一批诗人因其诗风趣尚、成就相近或相同，约定成俗划为一个流派，这就是著名的“边塞诗派”。它从一个侧面也说明了盛唐诗坛的繁荣与兴盛。

3.边塞诗的思想内容。边塞诗词是边塞生活的艺术反映，其思想内容极其丰富，大体可概括为五类：①抒发渴望建功立业、报效国家的豪情壮志；②状写戍边将士的乡愁、家中思妇的别离之情；③表现塞外戍边生活的单调艰辛、连年征战的残酷艰辛；④宣泄对黩武开边的不满、对将军贪功启衅的怨情；⑤惊叹描摹边地绝域的奇异风光和民风民俗。诗中大多流露出复杂矛盾的思想情感。比如，慷慨从军与久戍思乡的无奈；卫国激情与艰苦生活的冲突；献身为国与痛恨庸将无能的悲慨。因为边塞的生活是丰富多彩的，造成边塞诗题材十分广泛，内容异常丰富。

4.边塞诗的主要特点。体现在四个方面：①在诗的题材内容上，以边塞景色与战争场面为主。比如，描写的景观有狂风、酷热、严寒、冰雪，以及惨烈悲壮的战役、异国情调的胡乐等。人物多为都护、将军、单于、胡姬、征人、胡儿。地名则有天山、阴山、瀚海、轮台、疏勒等。②在诗的体裁形式上，以七言歌行为主，也有若干七言绝句。③在诗的美术风格上，主要展现雄浑、磅礴、豪放、浪漫、悲壮、瑰丽等特征。④在诗的风格情调上，大多抒发唯美浪漫的进取精神，积极乐观的人生态度，浓烈充沛的爱国情感，充满了激情与豪兴。当然，也有反映战争残酷、黯然思乡的一面，但其间洋溢着马革裹尸、立功边塞的雄心。

二、优秀军旅诗词赏析

有人说：诗是一切艺术的通称，一切艺术都是诗。音乐是在时间坐标上流动的诗，绘画、雕塑是二维、三维空间里具象的诗，建筑是对空间进行格式化的诗，舞蹈是人的形体语言在时空展开的诗，散文、小说是无韵的诗。中国军旅诗词作为中国诗词的一种特殊文学流派，其集中表现了历代军旅生活的艰辛奋发和军人的精神世界，比如，荆轲的大义凛然和义无反顾，嵇康的远大志向和人生追求，陆游的豪情飞纵和意气风发，岳飞的满腔激愤和冲天豪气等等，像磁场般吸引人，似战鼓般激励人，如军歌般鼓舞人。其蕴涵的阳刚美和正能量是不言而喻的。一首你深爱过的军旅诗词，会像最忠诚的朋友，亦或最痴情的恋人，在你军旅人生的某个地方等你，与你相遇相知、相惜相伴。

那么，如何品鉴和领略中国古典军旅诗词的独特魅力呢？唐代诗人白居易曾说："诗者，根情，苗言，华声，实义。"（《与元九书》）意思是说：诗，情犹如根系，语言犹如树苗，语象犹如花朵，语义犹如果实。言诗，讲求语言得体、声韵恰当、意义深刻。这也就道明了诗的基本要素—"意、象、情"，三者缺一不可。清王国维《人间词话》曰："词以境界为最上。有境界则自成高格，自有名句。"窃以为，抓住"意、象、情、境"这四个关键字，我们就能抓住诗词的本质，就能循着诗词的经络去解读她的神韵所在。

1.说诗之意。明代戏剧家汤显祖说："大凡作诗，先须立意。意者一身为主也。"王夫之《姜村诗话》云："无论诗歌与长行文字，俱以意为主。意犹帅也，无帅之兵，谓之乌合。”立意，是指作者主观方面的思想、观念、意识、情感、志趣等的内在反映，这是决定一首诗词好坏的关键因素。

下面，让我们一起去品读几首经典诗句。唐代诗人戴叔伦(公元732—789)，字幼公，润州金坛(今属江苏)人。曾任新城令、东阳令、抚州刺史、容管经略使。他曾写下《塞上曲二首·其二》：“汉家旌帜满阴山，不遣胡儿匹马还。愿得此身长报国，何须生入玉门关。”充分表达了其以必死信念战胜胡兵、报国靖边以宁，以及壮士一去不复还的豪情志向。唐李贺《南国》：“男儿何不带吴钩，收取关山五十州。”表达了诗人面对烽火连天、战乱不已的局面，期待身佩宝刀、奔赴沙场、保家卫国的远大志向。如果说李贺的诗句还有愤懑不得志的情绪表达。那么让我们再看一下王昌龄的《从军行》：“黄沙百战穿金甲，不破楼兰终不还”。这首诗成功塑造了一批不畏艰苦、不怕牺牲、心灵壮美的英雄群像，使人倍感诗境阔大，感情悲壮。再说一下南宋著名文学家、爱国诗人文天祥。公元1278年，他在广东海丰北五坡岭兵败被俘，押到船上，次年过零丁洋时，毅然写下七律《过零丁洋》：“人生自古谁无死？留取丹心照汗青。”以诗明志，表现出从容赴死、誓死如归的高风亮节和大义凛然的英雄气概。公元1282年，文天祥从容就义，终年四十七岁。文天祥殉难后，曾经参加义军的王炎午写下《望祭文丞相文》，赞扬他的死使“山河顿即改色，日月为之韬光。”再比如，岳飞《满江红》：“三十功名尘与土，八千里路云和月，莫等闲，白了少年头，空悲切”，表达了自己要趁着年轻力壮报效国家、建功立业的豪情壮志，也是他对普天下青壮之士的呼吁。总之，读这样一些不朽诗篇，可以扑面感受到一种炽热浓烈的爱国情怀、豪迈轩昂的英雄主义、激越雄劲的尚武精神、哀怨深沉的忧患意识，使人振聋发聩、荡气回肠。

由此可见，立意是一首诗的生命线。精读细品一首军旅诗词作品，了解当时作者创作的时代背景、心路历程、文学风格，才能更好地领会其中蕴含的精神内涵和格局深意。

2.说诗之象。“象”是结象，指客观物象，包括景象、事象、物象、现象、幻象等外在因素。《周易·系辞》说：“圣人立象以尽意。”汉代王充、南北朝刘勰，把能体现思想感情的物象称为意象，即据此而来。毛泽东同志强调：“诗要形象思维。”这里所说的形象，重点指人。有人才有情有意。诗词写物，实质是写人的情感和心理。

在中国古代军旅诗词中，有许多词汇被古人赋予了特别的“结象”，往往为后人加以点化、袭用。如以“敦煌”、“玉门”、“瀚海”、“祁连”、“楼兰”等西部地名构成的意象，勾勒出边塞地域的苍茫和辽阔。以“边亭”、“烽火”、“胡沙”、“朔风”、“塞云”等塞外景物构成的意象，渲染出塞外的荒凉和苦寒。以“胡笳”、“箫鼓”、“战车”、“角弓”、“旗鼓”等军用器物构成的意象，揭示出军容的声势和威猛。以“卫将军”、“霍嫖姚”、“飞将军”、“班定远”、“窦车骑”等英雄人物构成的意象，充分展示出诗人对前人的仰慕和自己的壮志豪情。具体举几个例子吧！比如，宋代诗人范仲淹《渔家傲》：“塞下秋来风景异，衡阳雁去无留意。四面边声连角起。千嶂里，长烟落日孤城闭。”这首词上半阕写塞外秋光，作者生动描绘了“雁阵、连角、千嶂、长烟、落日、孤城”六种结象，还有“大漠孤烟直，长河落日圆。”（唐·王维《使至塞上》）、“秋昏塞外云，雾暗关山月。”（唐·杨广《饮马长城窟行》）这一类诗句，都构成塞下秋时的特异景色，风格苍凉悲壮，气象隽永，成为脍炙人口的佳篇名词。再比如，唐代诗人卢纶《塞下曲》：“月黑雁飞高，单于夜遁逃。欲将轻骑逐，大雪满弓刀。”这首诗中没有刻意描写激烈的战斗过程，而是巧妙选取了“月亮”“大雁”“轻骑”“大雪”“弓刀”五个结象，可谓独具慧眼，勾勒出一幅扣人心弦、生动活泼的战争画卷，言有尽而意无穷，留给人们丰富的想象空间，具有极强的艺术感染力。此外，边塞诗中还有一类独特的闺怨诗。如唐代诗人金昌绪《春怨》：“打起黄莺儿，莫教枝上啼。啼时惊妾梦，不得到辽西。”此诗表面上写一名妇人对长年戍边的亲人的担心牵挂，让黄莺鸟搅了自己的白日梦，女主人要赶走可爱的黄莺鸟。看起来它是一首抒写儿女之情的小诗，实则有深刻的时代内容。反映了当时兵役制下广大人民所承受的痛苦，揭示了战争破坏了人民安宁的生活。此处选“黄莺”为象比兴作意，鸟儿可居首功。

可以这么说，精美崇高的诗词艺术，她是心灵的花朵，源于德性，发于才情，最后完形于结象。

3.说诗之情。诗依从情而生。这一命题，是西晋陆机最早提出的：“诗缘情而绮靡”（《文赋》）。“绮靡”是华丽的意思。“情感是诗的天性中一个主要的活动因素，没有情就没有诗人，也没有诗”（《别林斯基论文学》）。感人心者，莫先乎情。诗的本职在抒情，诗有了情，才会有血有肉有生机。

我将军旅诗词中的情感表达概括为“六类”，即：爱国情、思乡情、恩爱情、父（母）子情、兄弟情、朋友情。家国情怀前面已藻饰许多，这里着重讲一下其它“五情”。①表达思乡情：“回乐峰前沙似雪，受降城外月如霜。不知何处吹芦管，一夜征人尽望乡。”（唐•李益《夜上受降城闻笛》）“琵琶起舞换新声，总是关山旧别情。撩乱边愁听不尽，高高秋月照长城。”（唐•王昌龄《从军行》）“秋风萧瑟天气凉，草木摇落露为霜，群燕辞归鹄南翔。念君客游思断肠，慊慊思归恋故乡，何为淹留寄他方？”（南北朝•曹丕《燕歌行》）这些诗饱含对现实的忧愁、建功立业的渴盼，还有离乡背井、抛妇别雏的痛楚。②表达恩爱情：“谁为含愁独不见，更教明月照流黄。”（唐•沈佺期《独不见》）这是一首拟古乐府之作诗，刻画了一位对远戍丈夫刻骨相思的闺中贵妇形象，被称为唐代七绝的压卷之作。再比如，“去去割情恋，遄征日遐迈。悠悠三千里，何时复交会。”（东汉•蔡琰《悲愤诗》）“努力爱春华，莫忘欢乐时。生当复来归，死当长相思”（汉•佚名《旧题苏武诗》）。前贤谓悲剧就是将美好的东西毁灭给人看。男女相爱结为夫妻，原是人生中最美好的事，可是在残酷的兵役制逼迫下，它只能像一朵刚绽放即被摧残的花，转瞬即逝，无法追回，让人唏嘘。③表达父（母）子情：“白头老母遮门啼，挽断衫袖留不止。”（唐•韩愈《谁氏子》）“遥怜小儿女，不解忆长安。”（唐•杜甫《月夜》）“搴帏拜母河梁去，白发愁看泪眼枯。惨惨柴门风雪夜，此时有子不如无。”（清•黄景仁《别老母》）④表达兄弟情：“有弟皆分散，无家问死生。寄书长不达，况乃未休兵。”（唐•杜甫《月夜忆舍弟》）“心悲兄弟远，愿见相似人。”（唐•鲍溶《春日言怀》）。⑤表达朋友情：“忽如一夜春风来，千树万树梨花开。”（唐•岑参《白雪歌送武判官归京》）诗人送客出军门，时已黄昏，又见大雪纷飞，产生无限惆怅之情。在诗人笔下，冰天雪地的边塞，奇寒难忍，愁云惨淡，令人怨怅。再比如，“劝君更尽一杯酒，西出阳关无故人。”（唐•王维《送元二使安西》）“洛阳好友如相问，一片冰心在玉壶。”（唐•王昌龄《芙蓉楼送辛渐》）可谓脍炙人口、家喻户晓。

在中国古典诗词中，最深的情感往往蕴含着妙语之最。军人的情感历经血与火的洗礼，像陈年的佳酿，尤为浓烈、醇厚、绵长，让人读之回味无穷，美到心碎。

4. 说诗之境。清代王国维说："古今之成大事业、大学问者，必经三种境界：'昨夜西风凋碧树。独上高楼，望尽天涯路。'此第一境也；'衣带渐宽终不悔，为伊消得人憔悴。'此第二境也；'众里寻他千百度，蓦然回首，那人却在，灯火阑珊处。'此第三境也。"其实，此三种境界，是人的精神境界的第一次外化。而诗词作品，是人的精神境界的第二次外化。"精神境界—行为境界—作品境界"，这是艺术创作的"三部曲"。一首诗，其实就是一个诗人营造的境界。意境的营造决定诗词的成败，诗词好手都是营造意境的高手。

我将古代军旅诗词中的人生境界归纳为"六大境界"，即：脱俗境界、豪迈境界、凛然境界、超我境界、深邃境界、旷达境界。这里，重点说说四种境界。第一，豪迈境界。比如，"一身事征战，匹马同苦辛。"（唐•刘长卿《从军六首》）"一年三百六十日，多是横戈马上行。"（明•戚继光《马上作》）"虏骑闻之应胆慑，料之短兵不敢接，东师西门伫献捷。"（唐•岑参《走马川》）"孰知不向边庭苦，纵死犹闻侠骨香。"（唐•王维《少年行》（其二））。这样的诗句，凸显了军人不畏艰险、勇往直前、视死如归的意志品格和豪迈气概，读来令人血脉喷张、热血沸腾。第二，超我境界。比如，"惟见恩义重，岂觉衣裳单。"（南朝•沈约《同前梁》）"醉卧沙场君莫笑，古来征战几人回。"（唐•王翰《凉州词》）

"金瓯已缺总须补，为国牺牲敢惜身。"（清末•秋瑾《鹧鸪天》）诸如此类诗词，体现了忠勇、得失、荣辱，体现了生死、苦乐、进退，凝聚了诗人对国家、社会、人生的理性思考，舍却了"小我"，铸就了"大我"。第三，凛然境界。比如，唐代边塞诗中，士卒的哀怨之声和对统治者的斥责之声占了很大比列："战士军前半死生，美人帐下犹歌舞。""相看白刃血纷纷，死节从来岂顾勋？"（唐•高适《燕歌行》）"羌笛何须怨杨柳，春风不度玉门关。"（唐•王之涣《凉州词》）"凭君莫话封侯事，一将功成万骨枯。"（唐•曹松《己亥岁二首》）诗中可以看出，士兵的效命死节和将军的怙宠贪功形成对比，士兵的艰辛作战和将军的纵情声色形成对比，通过反映士兵在战斗中复杂变化的内心活动，展现了一种鞭挞时弊、悲壮淋漓的凛然意境。第四，旷达境界。我觉最经典的数《诗经•小雅•采薇》这首诗。全诗共六段，我引其最后一段："昔我往矣，杨柳依依。今我来思，雨雪霏霏。行道迟迟，载渴载饥。我心伤悲，莫知我哀！"写一名战士在还乡路上饱受饥寒、痛定思痛的哀伤心情，可谓十分狼狈、凄苦。结句却道出了这名战士对于生命的觉醒和感悟。"知我者谓我心忧，不知我者谓我何求！""悠悠苍天，此何人哉！"生命的本质，已然融入川流不息当中。就这样，他走出了霏霏之大雪，找到平野和星空，继续轻盈地前行。晋人谢玄把"昔我往矣"四句论为三百篇中最好的诗句，如此凄婉动人、蕴含诗性诗魂的作品确实令人叹为观止。因而它便成了《诗经》抒情作品的一个典范而为历代文学家所称颂。

著名学者、诗人顾随（1897—1960）老先生曾说："文人是自我中心，由自我中心至自我扩大至自我消灭，这就是美，这就是诗。"人如其诗，诗如其人；内窥其人，外观其物。历代优秀诗人的诗词作品，其人格境界尽在不言而喻之中。

三、军旅诗词创作浅见

我出生在江苏省镇江市东郊农村。记得孩提时代，每逢过春节，我都爱观听家乡特有的一种民俗——"唱麒麟"。这种原生态唱词颇有民歌民谣之风，清新自然、质地淳朴、宛如碧玉，在我脑海中打下深深烙印。步入青年时代，开始接触大量唐诗宋词和现代诗歌，极大丰厚了我的诗词创作积淀。2008年起，我着手撰写新诗；2013年起，开始尝试格律诗创作，之后一发不可收拾，至今已写了千余首。下面，我结合创作实践，谈几点个人粗浅体会。

1.格律诗创作要领。诗界前辈云："诗非下酒菜""诗非擦脸粉""诗非缝破烂"。要写出好的诗词，非下一番苦功夫不可。从前提条件而言，我觉得起码有三条：第一，你得心存敬畏。首先，你对古代优秀诗人要有敬畏之心。作诗若不学古人，不重继承，仅靠其思想敏锐，终难成大气候。其次，你对写格律诗也要心存敬畏。近代桐城派大家姚永朴《文学研究法（格律篇）》中指出："格、律本为二词。格，是指诗文所当达到的文体风格；律，是诗文所不当凌犯的戒条。”法国学者保罗·韦拉里（1871-1945）指出：“诗中韵律之功用，正以吾人出言下笔太过轻易，遂特设此种种严密复杂之规矩，作为抵抗之材料。”又曰：“此等枷锁羁勒，能常紧束诗人之天才，使不至一刻放纵怠惰，而率尔粗心吟成劣诗。”这的确是一个深刻的发现！格律是为了让文本更加美听，使之声情并茂，它的作用乃在助成天赋，而非以之为枷锁，去束缚人的诗性。著名文学家、诗人闻一多先生把写格律诗比作戴着“镣铐”跳舞。下笔轻易，率尔成篇，难得佳作。我们今人学习写格律诗不要期望超近路，要练好基本功。第二，你得有点天分。有人说“诗品见人品”，除了刻苦勤奋之外，你需有格局、有胸襟、有情怀，小鸡肚肠不行。此外，“若非情种莫耽诗”，无情者，无以写诗。诗人就应具备善于感物而动情于心、移情于物的特质或天赋。都说智慧有“五个层次”：第一层，博闻强记、知识丰富；第二层，触类旁通、融会贯通、举一反三；第三层，多谋善断、科学决策；第四层，多向思维、优化组合；第五层，丰富的想象力和创作力。由此可见，诗人应在第五个智慧层。因此说，诗心诗意得来何其之不易。第三，你得善待于她。要视她如阳光、如空气、如雨露，如妻、如子、如友。要把写诗当作一种人生追求，一种生活方式，一种精神寄托。在咬文嚼字、苦思冥想后，你就能获得那种怡然自得的快感。

有人会问，什么样的军旅诗才算好诗？我觉得诗歌不是科学，没有一个度量衡。仁者见仁，智者见智。有人会问我：赵丽华的梨花体算不算诗？打油诗算不算诗？我觉得这些都算诗，但起码算不得好诗。一首好的军旅诗，窃以为，起码应具备四个条件：第一，有高格。纵观历代优秀的军旅诗词，不管时序变迁，无论体裁变换，家国情怀、御敌外侵、慷慨取义、舍身赴死都是蕴含其间的永恒的时代旋律。军旅诗词所反映的客观主体和其作者本身，是深明大义、肩负道义，为报效国家和民族而不辞艰辛、舍身奋斗的戎衣志士，这和花前月下、酒肆茶坊的闲才逸士相比，其胸襟、抱负、志趣、情感、境界、风格都有明显不同，此乃高格也！第二，有意象。诗中之意象，多为眼前景的外化。纪昀诗曰：“妙从小物寄慨，倍觉唱叹有情。”军旅诗大多具有政治色彩，要避免写政治性术语，讲大话、假话、空话，讲干巴巴的话。因为，诗是形象的语言艺术，它不同于政论，必须有诗味，有意象，有意境。比如，关于军人形象，提到“站如松、卧如松、行如风。”；关于战事，提到“金戈、铁马、辕门、鞭血”这就有意象了。我们要善于观察、善于联想、善于取象，凸显文字的张力。第三，有雅意。军旅诗词，说到底，还是诗词，诗词文化的艺术特色和美学特质，是军旅诗词的基本标示。“诗言志。”文字能反映一个人的思想感情、内心世界和精神风貌，缺乏文学修养、心浮气躁的人是写不出好东西的，诗词更是如此。所以，我们要静下心来，多读一些文学经典名著，多背一些唐诗宋词的名篇佳句，不断丰厚自己的文学积淀。这样，你所创作的诗词中就能自然而然流淌着诗心雅意。第四，有特色。毋庸置疑，当今军营与远古时代相比，物质、文化和精神生活条件发生了翻天覆地的变化。比如，远古时代兵力不足、兵器落后、交通不便，描写思乡情、征夫怨、沙场恨、惜别泪的诗句可谓车载斗量、不胜枚举。今天，我们所处的时代不同了，军旅生活更加丰富多彩，我们的诗词表达可以更加多元化、立体化，上至“天宫”上天，下至“蛟龙”入海，近有铁甲驰骋，远有航母远航，应更加色彩斑斓、绚丽多姿。关键在我们去发现与创新。正所谓：太白好仙，昌谷好鬼，但丁说地狱，歌德说魔鬼。你要以你独特的思维、体悟、角度，来抒发你的情怀，彰显你的个性，打造你的特色。

至于说到创作技巧，因人而异，不一而论。下面，我简要谈六条：第一，立好意。主题思想一定要集中，这是诗魂所在，魂不附体，诗成幽灵。比如，2015年我曾写下《满江红•军改畅怀》：“瑞雪初收，惊寰宇，全球瞩目。怀隼鹗，赤魂鞭血，保家卫国。犹忆赵王征悍马，仍思秦武擒麋鹿。但驰骋，大匠破藩篱，添新绿。 前凌辱，何堪读？今博弈，惟追逐！铸钢刀利剑，罡风澄穆。盛世兴邦基石固，人民乐业铜墙筑。且须齐，胄甲共长吟，精兵曲。”这首词主题思想比较集中，上半阙写景取象，引用“胡服骑射”、“商鞅变法”两个历史典故，取瑞雪、隼鹗、藩篱、新绿等四象，思古溯今，抒发对军改宏景的期待；下半阙，蓄势而进，拟问作答，喻情于景，虚实结合，抒发投身军改的意志与豪情，使得整首诗颇具时代精神、人文气息，又富有诗心诗意诗境。这首诗先后获得全国多个赛事金奖、一等奖。再比如，去年10月31日，我在青岛海军基地参观见学，有幸登上“辽宁舰”。站在舰首跑道上，我不禁感慨万千。返回途中，即兴写下七律《题“辽宁舰”航母》：“游龙蛰伏几多患，溯史今犹血泪潸。劲豹擒麋凭器利，雄狮逐鹿得锋艰。盖关国事须驰远，岂可兵戈只等闲。但眺长空云气颢，深蓝自此换新颜。”这首诗意在表达祖国母亲所经受的屈辱血泪，炎黄儿女经略海洋的百年宏景夙愿，以及当代海军官兵捍卫海洋、阔步深蓝的豪情壮志。采取起兴、借喻、设问，以及虚实结合、动静相衬等修辞手法，受到广大诗友一致好评。第二，选好韵。谋篇伊始，提纲契要。宋严羽《沧浪诗话•诗法》曰：“对句好可得，结句好难得，发句好尤难得。”我一般从发端和结句确定韵脚。另外，建议初学者尽量选宽韵，少选窄韵。比如，15年我在南京海军指挥学院进修。临别之际，诸多感怀发诸笔端，写下七律《金陵怀古》：“六朝建业梦魂殇，秋晚钟山遍地黄。玄武湖怀家国恨，秦淮水漾卞陈香。千年史脉皆含蕴，万种风情总断肠。戎马长嘶朔风烈，凭阑北望泪凝霜。”这首诗文贯古今，有景有人，借物传情，寓情于境，有历史感、沧桑感、画面感，结句点睛处，抒发了家国恨、民族情、强军志，颇耐人回味。第三，慎用典。能不用就不用，能少用就少用。要坚持“内容为王”，形式为内容服务。好的内容无须借典衬之。尤其诗绝句重在轻巧，不必用典。比如，14年我曾写下《高阳台·八一抒怀》：“义举南昌，挥戈闽赣，忠勇血染湘江。迢递路遥，雪山草地荒凉。西天漫漫残阳下，任苍鹰、自由飞翔。慨而慷，漫道雄关，步履铿锵。 风云跌宕起沧澜，擎国之重事，豪杰英郎。戮力强军，铸军魂固金汤。此回谁敢来侵犯？誓惩敌、弑血钢枪。”这首词通篇之中，都是俗语、口语、家常话，一听就懂，但也情真意切，蕴含深意，气韵流畅，催人奋进。第四，要准确。诗词是一门艺术。正如你唱歌要在音调上，跳舞要在节拍上，画画要在构图比例上……格律诗是极为精炼的文字艺术，一定要惜字如金，精准精到，不能在外围打转转。比如，14年我参与东南方向某军事演习，欣然写下《“雷霆霹雳”系列十首》，现选其中两首与大家分享：“蕤草知风劲，飞梭绣锦标。追光急电掣，铁骑竞狂飙。”（〈行军〉）；“晨曦肩带雨，夜露伴星辰。军帐多迷彩，枕戈入梦频。”（〈宿营〉）。去年，我参加全军战役培训，参观见学期间欣然写下《武器装备系列五题》，如“叱咤鲲鹏技艺超，直冲穹顶掠云霄。攻歼格斗凌威猛，覆雨翻云战悍鹞。”（〈歼—10战机〉）；“憨豆憩栖似玉虬，一头潜入大洋洲。悄然遁影神无晓，静谧消声鬼见愁。镖掷嗖嗖巨鲨恨，叉飞猎猎墨鱼忧。忠魂胆气融洪脉，百炼千锤慑敌酋。”（〈潜艇〉）这两组诗形象生动，情景交融，颇得意境，读来就不会干枯生涩，容易使人产生联想与共鸣。第五，有亮点。首先，你要有鲜明的个性化语言，不要跟风附俗，做好你自己。其次，你还可独辟蹊径，不要害怕孤独。孤独本就是诗意的沃土。再次，通篇之中，你最好要有佳句。先让别人记住你的词句，而后读懂你的情志。比如，我在《满江红•圌山吟怀》中写下："纵是平沙驰万里，但凭胆气终茹血。"（此诗刊发于2015年1月9日《人民日报》（海外版））再比如，在《木兰花慢•铁血丹心》中写下："谁解英雄寂寞？惟求不枉此生。"（此诗先后刊发于《军营文化天地》和《海军文艺》）；在《沁园春•南海仲裁闹剧》中写下："霾终散，眺潮来潮去，我主东方！"（此诗先后刊发于《中国军网（军网专题）》和《全军政工网（军旅文学）》）。第六，多推敲。成诗后，多读几遍，反复斟酌一下，好东西都是磨出来的。诗词成稿后，不要急于发表，可以放一放，也可以请诗友探讨评析。"两句三年得，一吟双泪流"（贾岛《题诗后》），"吟安一个字，捻断数茎须"（卢延让《苦吟》），说得就是这个道理。

2.格律诗创作三忌。一忌，立意不明，或散或庸。"立意"就是确定主题。诗歌立意贵集中、创新、深远、真挚。古人云："意多乱文"。一首诗意绪纷乱，等于无意。比如，北宋西昆派追求形式美，堆砌词藻典故。一首《泪》："锦字梭停掩夜机，白头吟苦怨新知。谁闻陇水回肠后，更听巴猿掩袂时。汉殿微凉金屋闭，魏宫清晓玉壶欹。多情不待悲秋气，只是伤春鬓已丝。”（宋•杨亿《西昆酬唱集》）此篇将八种悲苦之泪并列排出—思妇、弃妇、征夫、纤夫、皇后、壮士、悲秋、伤春等，且以六个典故出之，犹如散珠一片，漫散浮泛。比如，去年10月我来这里进修，曾写下《满庭芳•军艺毕学抒怀》：“秋染燕京，辕门霜浸，火枫红彻城墙。戎机初息，才跋艺耕堂。漫自演笳史御，赏舞墨，戏说青棠。惊黉殿，楼船铁马，映雪百花芳。 堪书。擂鞞鼓，裳迎戈佩，泛碛行疆。幸得力，昭心智，启星光。但眺九州万里，如揽辔，轻步骄骧。期相约，长歌烽色，捷报角吹飏。”这首词立意就比较集中，结合学院各学科设置、艺术类别（导演、音乐、文学、文管、舞蹈、书法、戏剧），涉景取象，采取比兴、借喻、渲染的手法，从一个军艺学子的视角，抒发对当代军事文化的景仰、憧憬与豪情，对这所全军最高艺术学府的深情、眷恋与不舍，彰显了人文、人情与人性，就收到比较好的效果。二忌，出韵、失粘、失对、对仗不工，偏枯。写格律诗，中华诗词学会提倡用新声新韵，也可用平水韵，允许双轨制。但一首诗中不能混用。用《平水韵》，押平声韵，一韵到底，用同一韵部的韵，首句如为平收时，必须入韵，可押邻韵。如用新声韵，则不再押邻韵。用新声韵写律诗，必须在二、四、六、八句句尾押平声韵，一韵到底。（首句如为平声收，亦应押平声韵。）对仗是律诗中有别于绝句的重要标志，它要求颔联、颈联对仗，要使相应词语的词性相同或相近，要平仄相反。这个好理解。

何谓偏枯呢？指对偶句中的两物对一物，或以一意对两意，或种事物对属事物，就显得不工整。如“燕王买骏骨，渭老得熊罴。”（唐·杜甫《赠崔十三评事公辅》）“骏骨”为一物，“熊罴”为两物，皆为猛兽。“往昔悲唱阳关曲，今日欢歌西部篇。”（现代·佚名《西部欢歌》）“阳关”是属类，“西部”是种类，“西部”包括“阳关”，故是偏枯。三忌，章法欠周。何谓章法？亦称结构。律诗句式的规划排列属于外在结构，内在结构指感情的萌发、深化、结束，有人把它的进展过程，简称为“起、承、转、合”。有些诗友写诗忽略起承转合，而是平铺直叙，八句并列，没有主次，杂乱无章。如某诗友作《八达岭长城颂》：“笑登长城做好汉，醉踏烽火升狼烟。碉楼千座星绵延，长城万里龙盘旋。戚帅抗敌幽燕山，姜尚封神乾坤台。百年胡虏掠中原，千秋忠烈镇雄关。”此诗虽文史通达，颇有意境。但因八句并列，没有深入、结束，使人有意犹未尽之感。去年11月，我登临八达岭长城，写下七律《丙申秋登北京八达岭长城感作》：“冽雨微寒碛泛霜，秋风销蚀古城墙。笛箫徊宇飘悠远，将士捐躯葬异乡。铳铁当须瞄敌寇，箭弓只为射胡狼。强军备战惟征进，且莫沽名学始皇。”这首诗由远到近、溯古抚今，逐层递进、一气呵成，就比较好地体现了一个情景、情境合一的完整表达。

最后我想用空政文工团一级编剧阎肃老师在全国文艺座谈会上发言时讲的一段话结束我今天的讲课。他说：“我们军人也有风花雪月，但那风是铁马秋风，花是战地黄花，雪是楼船夜雪，月是边关冷月。”军旅诗词描绘的是丰富多彩的军旅生活和军人的情感世界，她是高扬爱国主义的一面旗帜，是弘扬主旋律的主流方阵，是培育战斗精神的激越号角。愿我们在“强国梦”“强军梦”指引下，大力弘扬中华民族传统文化，协力托起当代军旅诗词繁荣发展的瑰丽春天，为这个伟大的时代而深情吟诵歌唱！

附录二

★★★当代军旅作家、诗人赵海荣访谈录

赵海荣：诗词可以成为我们生命中不可或缺的一部分

近十年来，随国学热升温和互联网、手机等现代传媒的普及，一大批优秀年轻诗人涌现出来……这是我们这个高歌猛进的时代缩影，是当今诗坛的一种好现象，必须点赞！

◆《全军政工网》记者：今天很高兴能与您见面，首先请您自我介绍一下，谈谈您是从什么时候开始接触诗词的？为什么会选择从事诗词创作，真正的动因在哪里？

今天能与您见面，同样倍感荣幸。开门见山吧！我出生在江苏镇江濒临长江的一个美丽乡村。镇江是江苏省六大历史文化名城之一，我国古代四大名著中都有提到这座城市。记得孩提时代，每逢过春节、元宵，我特爱观听我们江南水乡独有的一种民俗——“唱麒麟”。“锣鼓一打格派派，小小麒麟歇下来。歇在你家上首有官做，歇在你家下首大发财。”这种原生态唱词颇有民歌民谣之风，清新自然、质地淳朴、宛如碧玉，在我脑海中打下深深烙印。随着年岁稍长，开始广涉经典，渐及诗词。唐诗宋词、骈文曲

赋中许多脍炙人口的佳篇名句让我如沐春风、如食甘饴……2008年起，我着手撰写散文诗；2013年起，尝试旧体诗创作，之后一发不可收，至今已写了1000余首。应该说，还是军营这所大学校、大熔炉，增进了我的心智，滋养了我的情怀，锻造了我的坚毅。都说："生活不只眼前的苟且，还有诗和远方。"不得不承认，诗意的确是抵御黑暗、穿透俗尘的那一缕亮光，让人有魂牵梦萦、不顾一切的冲动。诗歌能够很好地链接人与人、人与自然、人与社会之间的路径和语境，可以成为我们生命中不可或缺的一部分。这也许就是我创作诗词的动因所在吧！

◆《全军政工网》记者：纵观当今诗坛，可谓热闹非凡、风生水起，对此您怎么看？您觉得当今诗坛需要重点关注哪些问题？

中国自古以来就是一个诗的国度。中华诗词以其凝练的语言、优美的韵律、充沛的情感和丰富的意象，成为中华民族源远流长的不绝血脉和精神皈依。近十年来，随着国学热升温和互联网、手机等现代传媒普及，一大批年轻诗人涌现出来，这其中不乏"80后""90后"。中华诗词后继有人，这是我们这个高歌猛进的时代缩影，是当今诗坛的一种好现象，必须点赞！在我看来，当今诗坛主流意识形态还是积极健康向上的。同时，受社会上急功近利、出名挂号等不良思想的影响，种种乱象不容小觑。比如，有的诗歌大赛以举办某某纪念活动为噱头，筹集活动资金，搞一些华而不实的项目，使得赛事染上铜臭味；有的地方充斥形形式式、良莠不齐的诗社、学会、协会，邀请几个所谓的“评委”，贿选贿文贿色之风时有耳闻，难登大雅之堂；有的对诗词创作缺乏敬畏感、方向感和精品意识，搞假大空，喊口号；极个别社团、诗人把出书写诗当作一种手段、一种消费品，为单位、个人谋取私利，等等。对此，我们都要严肃认真地加以批判。否则，诗词文学这片相对纯净的土壤会被这些毒雾和沙尘污染坏、侵蚀掉。有志从事诗词创作的年轻人置身这样的环境下，也会沾染不良习气，是很难写出好东西的。

军旅诗词在弘扬主旋律、传播正能量上具有其天然属性和独特魅力。作为一名军旅诗人，就是要树牢为强军目标奠基、为战斗力服务、为部队官兵铸魂的思想，在注重艺术特色和美学特质的基础上，始终突出“兵味”“战味”。

◆《全军政工网》记者：在您的诗词中，“秉持了我国边塞诗健康、积极、励志和鼓舞斗志的优良传统，是一种文化的和精神的武装和传承，也是响应和促进军队文化建设的一种努力及其成效。”（杨献平语）作为一名当代军旅诗人，您觉得应有怎样的历史担当？

军旅诗词在诗词方阵中从来不是一个逼仄的范畴，它在弘扬主旋律、传播正能量上具有其天然属性和独特魅力。李白、杜甫、王昌龄、王维、辛弃疾、岳飞等一大批边塞诗派诗人，我们至今都耳熟能详。“临难不顾生，身死魂飞扬”　“黄沙百战穿金甲，不破楼兰终不还”“但使龙城飞将在，不教胡马度阴山”……每每读到这样脍炙人口的佳篇名句时，我们都会强烈地受到爱国主义、革命英雄主义的熏陶感染，都会感到血脉喷张、志气高远、催人奋进。作为一名军旅诗人，就要树牢为强军目标奠基、为战斗力服务、为部队官兵铸魂的思想，在注重诗词文化的艺术特色和美学特质的基础上，始终突出“兵味”“战味”。要大力宣传色彩斑斓、绚丽多姿的军旅生活和广大官兵的情感世界，深入训练场和官兵中去，感受他们的疾苦，同频他们的悲欢。唯有这样，我们的作品才能紧贴部队实际，才能接地气，催生浓郁的战斗文化氛围，激发官兵一不怕苦、二不怕死的战斗精神。总之，要通过吾辈的不懈努力，让军旅诗词真正成为中华诗词领域一道别致亮丽的风景线。

◆《全军政工网》记者：都说军人的世界是相对封闭、孤寂的，您为何会在繁忙的工作之余选择诗词创作？这是否反映了您的成长经历和精神追求？

空政文工团一级编剧阎肃老师在全国文艺座谈会上发言时称“我们军人也有风花雪月，但那风是铁马秋风，花是战地黄花，雪是楼船夜雪，月是边关冷月。”阎老虽然离我们而去了，但他还活在我们的精神世界里。我感到他代表了那个年代有诗意、有情怀，充满革命的浪漫主义的军人形象。我平常很喜欢吟诵“大漠孤烟直，长河落日圆”“风萧萧兮易水寒，壮士一去不复还”“醉里挑灯看剑，梦回吹角连营”等诸如此类带有浓郁守关戍边、浴血疆场、侠肝义胆气息的诗词。试问这哪一阙不浸淫着直达灵魂深处的孤独、孤寂？我从军近三十载，应该说把最美好的青春年华献给了部队，虽然没有经历过战争，但那种家国情、军旅志是很深很重的。古人写边塞诗多描绘军旅之艰、边关之苦，如今我军建设发展取得斐人成就，官兵精神面貌焕然一新。因此，我有意识创作了一些具有时代气息的军旅诗词。比如，《高阳台·八一抒怀》：“风云跌宕起沧澜，擎国之重事，豪杰英郎”；《满江红·军改畅怀》：“前日辱，何堪读？今博弈，惟追逐！铸钢刀利剑，罡风澄穆”；《木兰花慢·铁血丹心》：“谁解英雄寂寞，惟求不枉此生”。这其中有我对军旅生涯的切身感悟，有我内心世界的真实写照。我觉得当代青年官兵需要这样重阳刚、彰血性、提士气的东西，我提炼出来奉献给大家，我很有成就感、获得感！

每一个诗人都应有自己的独立基因，这既是彰显个性特质的要求，也是文学独立性的题中应有之义。诗歌使我找到了纯净心灵与现实世界对话的方式，使我能仰望浩瀚星空，遨游精神圣殿，使我能抵御浮躁，滋养身心……

◆《全军政工网》记者：我听到部队一些官兵介绍您的时候，会提到“军中辛弃疾”“军中情诗王子”这个称号。对此，您是怎么看待自己的？

每一个诗人都应有自己的独立基因，这既是彰显其个性特质的要求，也是文学独立性的题中应有之义。有人谬称我为“军中辛弃疾”“军中情诗王子”，说实话，我觉得言过了，当代军旅诗人中有一大批泰斗和前辈，与他们相比我差之遥遥！我只是长期与文字打交道，对文字比较敏感，对诗词非常感兴趣，仅此而已。我写这些文字，纯属业余爱好，有感而发，即兴而为，我不供职某某诗社，也不搞文学编辑，没有额外的羁绊、负累，属自由随性的诗人。虽然这些年在全国诗词大赛中拿了一些奖项，更多的还是一种激励和鞭策。我必须对读者负责，认真写好每一首诗，不辜负他（她）们对我的希冀。我负责记录源自生活中的点滴灵感，因为它承载了我许多的思想、情感和悲喜，于我来说，是人生中一笔宝贵的精神财富。能与有缘人分享，并可能带给他（她）们些许慰藉和欢乐，甚好，足矣。

◆《全军政工网》记者：2014年、2015年，厦门大学出版社连续推出了您的两部诗词集《心海拾玑》《心海泛舟》。对这两本诗词集，你本人做何评价？您感到这些年来从事诗词创作最大的收获是什么？

这两本书其实是我七八年来创作诗词的一个综合集。著名诗人陈慧瑛、杨献平，谭南周、胡志毅老师分别为此题写了序言，著名国际战略问题专家、诗人俞邃老师，还有著名诗人孙长继、孙青艾老师和许多诗友发来了贺诗贺信，给了我诸多褒奖和鼓励。应该说，《心海拾玑》是楚楚少女，青涩的小苹果；《心海泛舟》是娇艳少妇，销魂的开心果。接下来，还会出一本书，名字也想好了，就叫《心海潮涌》吧！它会是个什么玩意儿呢？目前还没想好……初步考虑是构建一个“心海”系列三部曲。说实在的，写诗使我找到了纯净心灵与现实世界对话的方式，使我能仰望浩瀚星空、遨游精神圣殿，使我能抵御浮躁、滋养身心，我得到了很多。这也正是诗词创作带给我最大的收获吧！

文字最能反映一个人的思想感情、内心世界和精神风貌。何谓好诗？仁者见仁，智者见智。我个人觉得，起码有五个标准：有格局、有意象、有雅意、有本色、有亮点。

◆《全军政工网》记者：不少人说，当今诗坛写诗的人很多，但精品佳作不多，很多都是滥竽充数。请问您认为好诗的标准是什么？

据统计，当前全国各地各类诗社、赋协、学会数量已达千余个，发行报刊杂志近千种，参与其中的人数以百万计。还有中华诗词网、中国诗歌网、辞赋网、骈文网，以及民间、大学所编各种诗词年选等，种类繁多，琳琅满目。近年来，由于对国学的不够重视，传统的东西渐行渐远，诗词创作领域数量偏多、质量不高的问题客观存在，这种现象着实堪忧。

至于您说的何谓好诗？仁者见仁，智者见智。我觉得好诗起码要有五个标准：第一，有格局。陈子昂《登幽州台歌》："前不见古人，后不见来者。念天地之悠悠，独怆然而涕下！"俯仰古今，隐含时间、历史哲学，格局何其之大！第二，有意象。诗中之意象，多为眼前景的外化。纪昀诗曰："妙从小物寄慨，倍觉唱叹有情。"所谓"小物"，就是意象。善诗者应学会采取以少总多、以小见大、超越时空、夸不失真等手法，凸显文字的张力。第三，有雅意。“诗言志。”文字能反映一个人的思想感情、内心世界和精神风貌，缺乏文学修养、心浮气躁的人是写不出好东西的，诗词更是如此。第四，有本色。太白好仙，昌谷好鬼，但丁说地狱，歌德说魔鬼。你是什么类型，就请对号入座。就像学书法，选准哪种字体？学绘画，选准哪个画派？理同此道。第五，有亮点。首先，你得有鲜明的个性化语言，不要跟风附俗，做好你自己。其次，你还可独辟蹊径，不要害怕孤独，孤独本就是诗意的沃土。再次，通篇之中，你最好要有佳句。得先让别人记住你的词句，而后再读懂你的情志。

◆《全军政工网》记者：您的诗词体裁广泛，涉猎面很广，内容丰富。山水诗透出灵秀、缱绻，社会诗透出侠肝、正气，家园诗词透出细腻、柔情，军旅诗透出豪迈、铁骨，读来有情义，有温度，请问您是如何处理诗词创作中的情感因素的？

白居易曰：“诗者，根情，苗言，华声，实义。”无根之言，难动人心。现在一些诗人把文字玩得很转，修辞手法也好，但就是缺乏有血有肉的东西，所以难以引起读者的兴趣。优秀的诗人，是用真诚的情和灵性的笔来抒写自己的心，用心泉里迸涌出来的美好诗行，潜移默化地感召人心、感召世界。（陈慧瑛语）诗歌最终关注的还是人和生活本身，所以我们必须真诚地面对读者，把真情实感充分表达出来，来不得半点虚伪、弄巧。

至于您说到的诗中用情，我的体会有三条：第一，发乎情，方下笔。“诗也，情所至。”不要无病呻吟，把自己逼在案头，绞尽脑汁，苦思冥想，这样出来的一定不是好东西。第二，关“三情”，把好脉。“三情”即：情怀、情境、情调。（谭南周语）诗人要懂政治，具备家国情怀、百姓情怀、人文情怀，不可与社会脱节；“诗是无形画”。诗人要以真情、柔情、深情，主动融入世间万象、人伦情景之中；“诗者，雅意也。”诗人要倡导积极向上、唯美自然、妙趣横生的情致，体现高格调、书卷气，避免低俗、痞气。第三，适其度，求共鸣。情感的宣泄，不是“人来疯”“催泪弹”，要符合人性，过了就会令人反感。同时，也要避免孤芳自赏、自顾自怜，尽可能地链接大众的情感需求。

好的作品是可以审视、可以触摸、可以呼吸、可以体味的。你想法多了，用力多了，反而失去了追求内在自我与俯瞰浩瀚星空的机遇，还是回归自然、返璞归真得好……

◆《全军政工网》记者：不少读者反映，您写诗填词文风清新、简约练达、通俗易懂，但往往都能准确表达诗心诗意。据我了解，很多新人写诗，往往不得要领，不知从何下笔，请问您有什么秘诀吗？

说实在的，一开始写诗尤其是写旧体诗，我也注重引经据典，期许与睥睨天下的中华文化接轨、致敬。其实不然，“大道至简”“大俗大雅”，参悟的正是自然美学。试问，为何郭熙、张择端、八大山人等为代表的古代国画一代宗师之画作让我们叹为观止、望尘莫及？我觉今人技法不逊，唯缺诗意！好的作品是可以审视、可以触摸、可以呼吸、可以体味的。你想法多了，用力多了，反而失去了追求内在自我与俯瞰浩瀚星空的机遇，所以还是回归自然、返璞归真的好……

若要问我写诗有什么技巧，我觉得因人而异，不一而论。我写诗一般把握以下这几个方面。第一，立好意。主题思想一定要集中，这是诗魂所在，魂不附体，诗成幽灵。第二，选好韵。初学者尽量选宽韵，少选窄韵，我一般从发端和结句确定韵脚。宋人严羽《“沧浪诗话•诗法”》曰：“对句好可得，结句好难得，发句好尤难得。”谋篇伊始，提纲契要。第三，慎用典。能不用就不用，能少用就少用。内容为王，好的内容无须借典衬之。第四，要准确。这考验一个诗人的文字驾驭能力。中国常用汉字也就3500多字，很多平仄可以变换。诗词说到底还是语言艺术，你脑海中库存的词汇量大了，写诗就不难。第五，多推敲。成诗后，多读几遍，反复斟酌一下，好东西都是磨出来的。如果说，何谓诗心诗意。我想第一感很重要，也就是说直觉。永远不要轻易动摇自己的初心，往往那就是你走到田埂尽头不经意回眸时，你曾丢弃的那颗最饱满的“麦穗”。

◆《全军政工网》记者：很高兴您今天给我们谈了这么多关于诗词的独到理解和心得感悟，您觉得今后对自己有什么期待或憧憬？

美国政治家富兰克林说过：“如果你不想一死就被忘记，要么写点值得读的东西，要么做点值得写的事情。”写诗永远是一件最神圣、最有意义的事。诗人的每件作品都来自于他的灵魂，诗人必须承载文学负重，有思想引领、情感疏导、人格塑造的东西在里边，不是你想逃避就逃避得了的，这是政治、社会、道德、人伦等赋予你的责任。当然，你还需有点艺术禀赋和艺术特质，勉强不来。

“文变染乎世情，兴废系乎时序。”在文学艺术形式百花齐放、文学舆论生态竞相繁荣的今天，中华诗词又迎来了一个生机盎然的春天。诗词是一门创造性的艺术，源于生活，高于生活。古人云：“读万卷书，行万里路。”写诗离不开知识积累和生活体验，这是前提。同时，艺术需要创新。“须入乎规矩之中，又超乎规矩之外”“不拘法而自不离乎法”。唯有创新，始得妙中妙，方体味外味，才有生命力。我将始终怀着如临深渊、如履薄冰的态度，始终保持饱满的创作激情和欲望，植根火热的军营沃土和社会生活中去，多写一些有灵魂、有血肉、有深度的诗词作品，不辜负喜欢我的广大读者们！

附录三

文旅足迹

2015年05月　　获“东方美”全国诗联书画大赛金奖。

2015年06月　　《七律·纪念抗日战争胜利70周年》在《中国国防报（长城副刊）》刊发。

2015年06月　　《南楼令·写在抗日战争胜利70周年之际》在《中国国防报（长城副刊）》刊发。

2015年06月　　获首届“诗词世界杯”中华诗词大赛一等奖，被《诗词世界杂志社》授予“中华优秀诗人词家” 荣誉称号。

2015年07月　　《题依法从严治军》《题厦门音乐学校2014届学生军训》在《边塞诗刊》（2015总第17期）刊发。

2015年08月　　《南楼令·写在抗日战争胜利70周年之际》等诗词入编厦门市诗词学会《纪念中国抗日战争胜利七十周年诗词集》，并由厦门市朗诵协会在市青少年宫红领巾剧场进行诵读表演。

2015年10月　　《七律·纪念抗日战争胜利70周年》等诗词入编纪念中国抗日战争胜利七十周年诗词项目《军歌嘹亮》，被中国诗词家协会授予“爱国诗人”荣誉称号。

2015年10月　　获第十二届“天籁杯”中华诗词大赛金奖，《满江红·圌山吟怀》等诗词编入《天籁之音

Ⅻ·第十二届天籁杯中华诗词大赛优秀作品集》，被中华当代文学学会授予“德艺双馨中华诗词家”荣誉称号。

2015年10月　　获第七届华鼎奖全国中华诗词大赛金奖，被《诗词百家杂志社》授予“当代中华优秀诗人”荣誉称号。

2016年03月　　被国际中华诗词总会、中华诗词研究会、中华诗词学术研究院、中华诗词著作家评委会授予“中华诗词特级著作家”荣誉称号。

2016年05月　　获“诗词世界杯”第二届中华诗词大赛一等奖，被《诗词世界杂志社》授予“中华优秀诗人词家” 荣誉称号。

2016年05月　　获“东方美”全国诗联书画大赛金奖。《抗战大阅兵礼赞》《夜合花·纪念抗日战争胜利70周年》等诗词被《百家》刊发。

2016年06月　　《心海拾玑》《心海泛舟》诗词集被福建省图书馆、厦门市图书馆收藏。

2016年07月　　《赵海荣：诗词可以成为我们生命中不可或缺的一部分》在《全军政工网（军旅文学）》刊发。

2016年07月　　《沁园春·写在南海仲裁案闹剧粉墨登场之际》在《中国军网（军网专题）》《全军政工网（军旅文学）》刊发。

2016年07月　　《金缕曲·魂兮归来——祭维和牺牲的烈士们》在《全军政工网（军旅文学）》刊发。

2016年09月　　《南楼令·纪念抗日战争胜利70周年》《菩萨蛮·东南演习》《金戈铁马》等诗词在《文艺报》和《中国作家网》刊发。

2016年09月　　《抗战大阅兵礼赞》《满江红·军改畅怀》《夜合花·纪念抗日战争胜利70周年》编入《东方美全国诗书画作品集2016卷》。

2016年09月　　《满江红·军改畅怀》在第八届“祖国好”华语文学艺术大赛评选中荣获金奖。

2016年09月　　《满江红·军改畅怀》《南楼令·纪念抗日战争胜利70周年》《鹧鸪天·乙未秋访王安石故居》等诗词在《厦门诗词（十八期）》刊发。

2016年10月　　《满江红·军改畅怀》在《中国文艺名家传世作品集》评审中荣获特等奖。

2016年10月　　《满庭芳·军艺毕学抒怀》在《全军政工网（军旅文学）》刊发。

2016年11月　　《纪念红军长征胜利80周年》在中国大地出版社《大地文学（卷三十六）》刊发。

2016年12月　　获第十三届“天籁杯”中华诗词大赛金奖，《满江红·军改畅怀》等诗词编入《天籁之音ⅫⅠ·第十三届天籁杯中华诗词大赛优秀作品集》。

2017年03月　　《丙申秋登北京八达岭长城感作》获第四届“相约北京”全国文学艺术大赛金奖。

2017年03月　　《满庭芳·军艺毕学抒怀》获“东方美”全国诗联书画大赛银奖。

2017年04月　　获诗词世界杯第三届中华诗词大赛一等奖。被授予“中华优秀诗人词家”荣誉称号。

图书在版编目（CIP）数据

心海潮涌 / 赵海荣著. -- 北京 : 华艺出版社, 2017.8

ISBN 978-7-80252-616-7

Ⅰ. ①心… Ⅱ. ①赵… Ⅲ. ①诗词—作品集—中国当代 Ⅳ. ①I227

中国版本图书馆CIP数据核字(2017)第184412号

心海潮涌

著　　者：赵海荣
责任编辑：杉　杉
特约编辑：罗　靖
装帧设计：金　鑫　江　涛
出版发行：华艺出版社
社　　址：北京市海淀区北四环中路229号海泰大厦10层
电　　话：010-82885151
邮　　编：100083
电子信箱：huayip@vip.sina.com
网　　站：www.huayicbs.com
印　　刷：厦门市竞成印刷有限公司
开　　本：32开
印　　张：6.75
字　　数：130千字
版　　次：2017年8月第1版第1次印刷
书　　号：ISBN 978-7-80252-616-7
定　　价：36.00元